berührt

Geschichten und Gedichte

Autorenkreis Celle

berührt

Geschichten und Gedichte

Jürgen Paschke / Ursula Beecken / Dagmar Westphal :
berührt

Herausgegeben vom Autorenkreis Celle
KulTour, Celle · November 2011

Titelfoto: Jürgen Nießen / pixelio.de
Texterfassung: Ursula Beecken, Dagmar Westphal
Gesamtgestaltung: Jürgen Paschke

Herstellung und Verlag: Books on Demand GmbH, Norderstedt

ISBN 9783842357174

Inhalt

Es gibt Menschen, deren
einmalige Berührung mit uns
für immer den Stachel in uns zurücklässt,
ihrer Achtung und Freundschaft wert
zu bleiben.

Christian Morgenstern, Stufen

Wer mich berührt, kommt mir nah, erreicht mich, geht mir unter die Haut. Aufmerksam nehme ich wahr, höre zu und beginne zu erkennen. Worte, die in uns zu Bildern werden, wecken Fantasie und Träume …

Das wollen auch die Gedichte und Geschichten in diesem kleinen Buch. Von ihnen berührt kann ich hören und sehen, mitfühlen und schmunzeln, träumen und staunen. Oder ich widerspreche, und ein anregendes Zwiegespräch beginnt.

Von Himmel und Erde, Menschen und Tieren ist die Rede, von Trauer und Schmerz, alter und neuer Heimat – und von der Liebe. Auch ihre Schwestern betreten die Bühne: Glück und Sehnsucht, Beten und Hoffen, Kraft und Mut.

Was mich berührt, bleibt. Es freut mich, „sticht" vielleicht. Es erinnert mich, weckt Gefühle und bewegt.

Wer seine Welten wahrnimmt, wird Tag für Tag tausendmal berührt. Was aber ist wirklich neu? Was beglückt mich? Was ist wesentlich, und was trägt?

Viel Vergnügen beim Lesen und Hinschauen, beim Nach-Denken und Weiterträumen. Ich wünsche Ihnen, dass Sie das Buch berührt.

Celle, November 2011   Jürgen Paschke

Ursula Beecken

Vom Dichten

In Schwärmen schießen sie vorbei
im Strom der Bilder und Gedanken
Fische
blass und ohne Nährwert
lass sie ziehen

Da schaut mich einer an
nimmt seinen Blick nicht fort
ich locke ihn
in meine Reuse

Nun heißt es
füttern
warten
warten
ob er das Futter nimmt
am Leben bleibt und
wächst
bis er sein Wesen zeigt
in Form
in Farbe und Gewicht

dann hebe ich ihn
auf Papier
bereite
ihn sorgsam zu
und tische auf
für mich
und meine Gäste

Von Erde und Himmel

DER HIMMEL
SPIEGELT SICH AUF ERDEN
NICHT NUR IN PFÜTZEN

Jürgen Paschke

Sybille Labischinski

Begegnung

Dunkel, feucht und ungemütlich ist es, ein Wetter, bei dem
man den Mantelkragen hochzieht und die Hände tiefer in
die Taschen vergräbt, um die Körperwärme zu nutzen und
so wenig wie möglich an den nasskalten Winternachmittag
zu verlieren. Es ist der 24. Dezember, Weihnachtsabend,
und ein Taxi zu finden scheint unmöglich.

An der Ecke unter der Laterne steht noch jemand, der auf
einen Wagen wartet. „Vielleicht kann man sich zusammen
tun", denkt Herr Berger und geht auf den Fremden zu. „Guten Abend. Schreckliches Wetter, nicht?" Freundlich lächelt
er den Mann an. „Und das am Weihnachtsabend! Suchen Sie
auch ein Taxi?"

Der Fremde nickt, macht aber keine Anstalten zu antworten.
Er geht einen Schritt zur Seite, heraus aus dem Lichtkegel
der Straßenlaterne, als suche er Schutz im Dunkeln. Berger
lässt sich nicht beirren. „Ja, ja, Weihnachten. Ein Fest, das
man im Kreise der Familie feiern sollte. Das Fest der Liebe!"

Diesmal antwortet der andere und es klingt spöttisch, fast
anklagend: „Ein Fest der Liebe? Es reicht also, die Liebe auf
dieses Fest zu beschränken? Vielleicht ist deshalb so wenig Liebe in der Welt? Mehr als für diesen Tag braucht man nicht!"

Berger ist irritiert. „Also wirklich, so dürfen Sie das nicht sehen", sagt er. „So ist das nicht gemeint!" Doch dann vermit-
telt er: „Sie brauchen nicht zu antworten, wenn es Ihnen un-
angenehm ist." Fast hätte er dem Mann die Hand auf die
Schulter gelegt. „Oh je, ich habe mich noch gar nicht vorge-
stellt, was müssen Sie von mir denken!" Er tippt an den
Hutrand und deutet eine Verbeugung an. „Berger mein Name, Heinz Berger."

Der Fremde blickt ihm in die Augen. Dann, als hätte er ent-
schieden, dass der andere ungefährlich sei, sagt er: „Stern heiße

ich. Und ich denke, Sie irren sich. Auch ich glaube an Gott. Daran haben Sie doch eben gezweifelt, nicht wahr? Aber Sie haben recht, es gibt da einen Unterschied zwischen uns. Ich feiere kein Weihnachtsfest. Ich bin Jude."

Er stampft mit den Beinen auf der dünnen Schneeschicht herum, um die kalten Füße in den für dieses Wetter viel zu eleganten Lederschuhen in Bewegung zu bringen. Berger ist verlegen. „Oh, entschuldigen Sie bitte, ich wollte Ihnen nicht zu nahe treten."

Herr Stern ist ein kleiner Mann mit dunklen Haaren. Über sein Gesicht huscht ein versöhnliches Lächeln, das um die Augen kleine Fältchen wie Sonnenstrahlen aufblitzen lässt. „Ist schon in Ordnung." Er kommt wieder zurück in den Lampenkegel und wedelt dabei mit den Händen, um seine Worte zu unterstreichen. „Wir feiern heute Chanukka. Es fällt dieses Jahr auf den 24.! Leider bin ich nicht mehr rechtzeitig nach Hause gekommen, genau wie Sie." Er blinzelt im grellen Licht, als seien seine Augen an das Tragen einer Brille gewöhnt.

„Und was ist Chanukka?" fragt Berger. „Chanukka ist das Lichterfest, ein Fest der Freude!" Stern zieht die Schultern hoch und hebt die Hände. Seine Augen blicken über Berger hinweg, als würde er in der Dunkelheit etwas Wunderbares sehen. „Als ich noch ein Kind war, bekamen wir Geschenke. Vater ging mit uns in die Synagoge und dort regnete es von der Empore Bonbons. Sie können sich vorstellen, dass wir begeistert waren." Seine Augen leuchten und auch jetzt noch wirkt sein Eifer ansteckend.

Um sich warm zu halten, beginnen die beiden Männer auf und ab zu gehen. „Wir feiern an Chanukka die Befreiung und erneute Einweihung des Tempels durch die Makkabäer", sagt Stern. „Wenn wir früher aus der Synagoge wieder nach Hause kamen, zündete die Mutter das erste Licht an und dann jeden Tag ein neues, acht Tage lang."

„Lichterfest – das hört sich an wie ..." Berger zupft nachdenklich an seinem linken Ohrläppchen. „ ... wie Weihnachten, Fest der Freude, Anzünden der Lichter am Baum."

„Nein, nicht am Baum." Stern lacht und schüttelt den Kopf . „Acht Tage lang wird jeden Abend am Chanukkaleuchter ein Licht angezündet. Es gibt da noch einen kleinen Arm in der Mitte, den Diener, sagte meine Mutter immer. Mit ihm zündete sie die anderen Kerzen an."
Er seufzt. „Es ist ein schönes Fest, besonders für die Kinder. Im ganzen Haus duftete es nach Herrlichkeiten, nach Festtagsessen und Kuchen", schwärmt er.

Die Männer schnuppern mit den Nasen in die kalte Winterluft und erinnern sich an die verheißungsvollen Düfte der Kindheit. „Wir werden noch ganz sentimental." Berger klingt sehnsuchtsvoll. „Wissen Sie, trotz der Unterschiede scheinen unsere Feste viel gemeinsam zu haben. Für uns Christen ist aber am wichtigsten, dass wir Weihnachten die Geburt des Messias feiern." „Ich weiß", sagt Stern, „ich verstehe es nur nicht. Wie könnt ihr die Ankunft des Meschiach feiern? Wie könnt ihr glauben, er sei schon da, obwohl doch immer noch das Böse in der Welt ist?"

Jetzt ist Berger wieder verwirrt. „Jesus hat uns erlöst" sagt er und sieht Stern an. „Er hat alle Schuld für uns auf sich genommen." Es klingt auswendig gelernt und vorgetragen.

„Ist das so? Ich habe gelernt, dass alle Menschen den Shabat einhalten und sich wie Brüder begegnen müssen, dann erst können wir erlöst werden." „Gut, aber Brüder streiten sich auch oft. Ich weiß das, ich habe drei Brüder und zwei Schwestern." „Sicher, streiten werden Menschen immer. Das ist nun mal so."

Lichter kommen die Straße herauf. „Taxi, Taxi!" schreien beide wie auf Kommando und fuchteln mit den Armen. Ein Wagen hält und sie schauen sich an. „Wohin soll's gehen?" brummt der Fahrer. Die beiden Männer steigen ein und nennen das Fahrtziel. Dann zieht Stern seine Brieftasche heraus und holt eine Visitenkarte hervor. „S. Stern" sagt er, „S. bedeutet Samuel." Auch Berger kramt nach seiner Karte. „Sehen Sie", sagt er, „wir wohnen nicht weit voneinander entfernt."

Der Wagen hält. Berger steigt aus und beugt sich noch mal in die offene Tür. „Ich wünsche fröhliche ... ein schönes Fest." Stern nickt. „Ihnen auch, chag sameach, frohes Fest." Er zwinkert Berger zu. „Der Meschiach wird kommen, vielleicht schon bald!"

Dagmar Westphal

Das Lied der Erde

Sing mit mir das Lied der Erde
Trink mit mir vom Sternenhimmel
Steig hinab zum Kern der Dinge
Schweig mit mir die leisen Worte.

Steig hinauf zum Sternenhimmel
Sing mit mir die leisen Worte
Trink mit mir das Lied der Erde
Schweige mit vom Kern der Dinge.

Sing mit mir vom Sternenhimmel
Steige ein in leise Worte
Schweig mit mir vom Lied der Erde
Trink mit mir vom Kern der Dinge.

Steige ein ins Lied der Erde
Singe mit vom Kern der Dinge
trinke mit die leisen Worte
Schweige unterm Sternenhimmel.

Dagmar Westphal

Dann ist Sommer

wenn der schnittlauch sprießt
und der spargel schießt
wenn die erste rosenblüte dich begrüßt

wenn die gärtner ihren rasen rechen
wenn die stare hoch im kirschbaum sprechen
und die frechen kater alle katzenherzen brechen

wenn die mücken dich entzücken
wenn die kinder blumensträuße pflücken
und die schuh beim barfußlaufen nicht mehr drücken

wenn die erbsen klettern
und die wolken wettern
wenn die frauen in den auen sich entblättern

wenn die raupen im gemüse kriechen
wenn die schnecken unter deinen flüchen
deinen kopfsalat beriechen

wenn die beeren reifen
wenn wir beide nach den sternen greifen
und die finken es von allen wipfeln pfeifen

wenn die alten gartenbänke
ich mit bunter farbe tränke
weil ich neu mein herz verschenke

dann ist sommer

Jürgen Paschke

Glaube Hoffnung Liebe

Glaube
Hoffnung
Liebe

Hauptworte

groß
richtig
ergreifend

glauben
hoffen
lieben

Tuworte

stark
wichtig
bewegend

Andreas Gryphius (1616-1664)

Abend

Der schnelle Tag ist hin, die Nacht schwingt ihre Fahn
und führt die Sternen auf. Der Menschheit müde Scharen
verlassen Feld und Werk; wo Tier und Vögel waren,
trau'rt itzt die Einsamkeit. Wie ist die Zeit vertan!

Der Port naht mehr und mehr sich zu der Glieder Kahn,
gleich wie dies Licht verfiel, so wird in wenig Jahren
ich, du, und was man hat und was man sieht, hinfahren.
Dies Leben kömmt mir vor wie eine Rennebahn.

Lass, höchster Gott, mich doch nicht auf dem Laufplatz gleiten!
Lass mich nicht Ach, nicht Pracht, nicht Lust, nicht Angst verleiten!
Dein ewig heller Glanz sei vor und neben mir!

Lass, wenn der müde Leib entschläft, die Seele wachen,
und wenn der letzte Tag wird mit mir Abend machen,
so reiß mich aus dem Tal der Finsternis zu Dir!

Gerd Lamprecht

Event

Du Celle, zag nicht, schwing! Schwing deine Jubelfahn
mit den zwölf Sternen drauf! Grüß alle, die in Scharen
zum Bauern-, Blumen-, Wein- und Weihnachtsmarkt hinfahren.
Wer fühlt da Einsamkeit? – *Events* am Großen Plan!

Der Celler Wasa-Lauf lockt längst die Massen an,
die Street- und Hengstparad' sind Attraktion seit Jahren,
die Expo damals, als Vieltausende hier waren,
da war die Welt zu Gast - hier auf der Steckelbahn!

Lass, Celler Rat, uns doch nicht in die Traufe gleiten,
lass uns die Zukunft so wie immer schon bestreiten! –
Der Glanz von siebenhundert Jahren reichte mir.

Mag auch mein müder Leib bei all' dem Stress noch wachen.
Wenn City-Manager allzeit *Events* hier machen,
dann ist für mich *Event* mein Garten – und ein Bier!

Jürgen Paschke

Fingerchen

Da liegst du jetzt
auf dem Bauch deiner Ma
klein und großartig
zart und kraftvoll
ruhig und voller Leben

Drei Sunden alt
guckst schon jetzt in die Welt
frisch und neugierig
sanft und wichtig
friedlich mit Denkerstirnchen

Und ich schau an
deine Händchen so klein
fein und grazil
weich und herrlich
wundervolle Fingerchen

Da liegst du jetzt
auf dem Bauch deiner Ma
neu und ganz jung
und doch schon
vollkommen

Renate Miog

Fingerchen

Fingerchen
fünf an der Zahl
an einer Hand
und fünf
an der zweiten

Zehn Fingerchen
fühlen sich ins Leben
fühlen sich
fühlen dich
lernen zufassen

Was der Kopf entdeckt
packen sie an
Fingerchen, Finger
Hände, die zupacken
handeln

Renate Miog

Feuer im Eis

Menschen drängen, schieben sich aus Bussen. Ein Wortgewirr aus unterschiedlichen Sprachen. Wenig Zeit: sie eilen den kurzen Weg hinauf in die Eiskathedrale. Gehen umher, stoßen, rempeln sich durch den Gang, um alles dieses einmaligen Bauwerks sehen zu können, die beste Stelle für das schönste Foto zu finden. Die Menschen stehen da, die Hände zum Himmel erhoben, halten verschieden große Kästchen in den Händen. Das bringt die digitale Fotografie so mit sich.

Ein wie übereinander geschobene Eisschollen als Nurdach geformtes Gebetshaus. Spalten zwischen den Schollenplatten vom Boden bis zum Spitzdach. Licht fällt herein. Der Blick hat Kontakt zum Außen. Die Stirnseite der Kathedrale zeigt ein buntes Bleikristallfenster über die ganze Front. Dargestellt der Christus. Die gegenüberliegende Seite besteht aus eiskaltweißen, rechteckigen Glasscheiben, ebenfalls in Bleieinfassungen. Kirchengestühl aus hellem Holz. Mehrere Kristalllüster. Die Leuchter in langer, schlanker Form ähneln aneinander gereihten und übereinander gehängten Eiszapfen.

In einer Ecke ein hoher Kerzenleuchter aus zwei übereinander stehenden Schmiedeeisenringen. Eine Frau zündet Kerzen an und stellt sie in die Ringe. Feiner Rauch steigt über ihr auf. Sie ist dort die einzige Person, die Kerzen anzündet. Dabei ist sie ganz versunken in ihr Gebet. Was liegt ihr wohl schwer auf dem Herzen? Welche Fürbitte bewegt sie? Wofür dankt sie? Dann plötzlich lodern Flammen aus dem Haar der Frau, die immer noch vertieft weiter Kerzen entzündet. Niemand bemerkt es sonst. Wie unsichtbar geführt bin ich bei der Frau und schlage ein paar Mal mit meiner linken Hand auf ihren Kopf, denn in der rechten Hand schleppe ich meinen Rucksack. Sie weicht zurück. Entsetzt darüber, was ihr angetan wird, schaut sie mich mit aufgerissenen Augen an. Sie begreift nicht, warum ihr so geschieht. „Sie brennen", höre ich mich entschuldigend sagen. Dann mache ich mich auf den Weg zum Ausgang. Ich schaue meine Hand an. Sie ist leicht berußt und stinkt nach verbrannten Haaren.

Dagmar Westphal

Überraschend

Längst ist die letzte
Frucht gepflückt
das Gartenhaus
vom Sturm zerdrückt
ein erster Frost
verschloss den Teich
mein Haar
im Nebel sich verfing –
da schwebt heran
aus fernem Reich
ein zarter blauer
Schmetterling ...

Dagmar Westphal

Dankgebet

Danke
dass Du mich heute
vor Brüchen bewahrt
als ich wie immer
hektisch und ungeduldig
danke
für diesen Morgen
im Taulicht:
Du sahst mich an
mit den Augen der Otter
der goldgekreuzten ...
danke
dass Du mir zuhörst
wenn ich mich sorge
um den Wald und das Wasser
und um das Korn in der Wüste
danke Du weißt
was mir fehlt und der Erde
danke
für Deine Hilfe
nicht immer sofort und nicht immer
am Leiden vorbei
danke für Umwege
und für den Mut mich zu lösen
von dem was mich festhält:
meine rechte Hand denen
die an mir verzweifeln
und Dir meines Herzens linke

Johannes Bildau

Berührt, vereinigt, versunken

Zum Meer hin ist der Himmel mit Schäferwölkchen und weiter hinten am Horizont mit heranziehenden Quellwolken bedeckt. Das bewegte Naturschauspiel verändert sich in den Formen wie auch in den Farben von Minute zu Minute. Wechselnd rotes, oranges bis hin zu gelbem Licht der sinkenden Sonne lässt das Wolkenbild von unten her aufleuchten, und über das Meer kommt ein blendend goldener Strahl.

Gleich darauf ergeben die wieder grauen, an der Unterseite in wechselnden Rottönen aufleuchtenden Wölkchen und die goldumrandeten Quellwolken ein neues phantastisches Stimmungsbild. Unermüdlich arbeitet der kräftige Westwind an diesem Gesamtkunstwerk.

Der Sonne gelingt es wie in einem letzten Aufbäumen immer wieder, ihre Strahlen durch die Wolkenlücken pfeilartig in alle Richtungen zu schicken. Unermüdliches Spiel des Lichts, der Farben und Formen.

Ständig mehr Menschen werden an den Strand gelockt. In den Dünen tauchen überall staunende Gesichter auf. Ich bin wie die anderen Zuschauer von der glanzvollen Aufführung fasziniert. Kameras klicken, keiner spricht mehr laut, die Menschen scheinen zu flüstern. Niemand bewegt sich. Alle sind gefangen von einem Ereignis, das sich täglich wiederholt, in seiner Pracht stets als einmalig empfunden wird.

Gespannt erwarten alle das furiose Ende einer Farbsymphonie: Das Schauspiel der Annäherung der gleißenden Sonne an das scheinbar entflammte Meer, ihr Auftreffen auf den Meeresspiegel und das Versinken in den Fluten. Fast unmerklich, dann mit dem Untergang ins mäßig bewegte Wasser zunehmend rascher, geht auch der Farbenreichtum dahin. Allmählich umgibt uns die Dämmerung. Immer noch rührt sich kaum jemand von der Stelle. Die Natur schafft es, alle anderen Interessen der Menschen für Augenblicke zu verdrängen.

Das diffuse Licht der zunehmenden Dämmerung gibt dem Strand jetzt eine magische Atmosphäre. Ruhig rollende glitzernde Wellen werden ans Ufer geworfen. Eine silbriggrün schimmernde Decke aus leicht bewegtem Küstengras und hellerem Strandhafer verstärken die melancholische Stimmung am Tagesabschluss.

Als weigerten sich die Menschen, den Tag los zu lassen, leeren sich langsam die Beobachtungsplätze am Strand. Immer wieder bleiben einige stehen, blicken zurück als könnten sie sich nur schwer von dem Zauber des eben Erlebten trennen. Das kaum hörbare Wellengeräusch der bewegten See begleitet die Menschen auf ihrem Weg zurück in die Ferienhäuser zwischen den Dünen.

Ursula Beecken

Schönheit im Brot

Da ist so viel Schönheit im Brot
Schönheit von Sonne und Land
Geduld und Mühe der Hand
Korn, sanft gestreichelt von Wind und Regen
Christus sprach über dem Brot den Segen
Greif achtsam und zärtlich zum Brot

Elisabeth Krahn

Mirabellen

Viele Mirabellen an einem Baum
zählen kann man sie kaum.
Man kann das Zählen auch vergessen
sie einfach essen.

Gekocht als gute Marmelade
ist auch nicht schade.
Verfeinert noch mit Alkohol
das tut wohl.

Mirabellen als Kompott
kein Alltagstrott.
Auf großen Eierkuchen
zum Versuchen.

Mirabellen sind vom Besten
an den Ästen
Doch in Gläsern aufgereiht
auch gescheit

Im Winter in dunkler Stunde
Sommer im Munde.

Dagmar Westphal

Sonntagsdienst

Verronnen
die rastlosen Tage
aus Kummer, Mühe und Klage,
die mir die Woche gebracht –
dies ist der Tag, der mich fröhlich macht!
Ich habe Zeit.
Ich geh zu Dir,
Du kommst zu mir
am Sonntag

Es warten
in Wäldern und Auen
die Bäume und Tiere in Deinem Kleid.
Unter dem klingenden Himmel blauen
und blinken die Wasser der Erde so weit.
Ich habe Zeit.
Ich öffne mich
und atme Dich
am Sonntag.

Wir leben
vom Brot nicht alleine,
denn Du bist die Quelle des Lebens,
Gemeinschaft das Mahl unserer Liebe,
Dein Wort ist das Licht unserer Schritte.
Wir haben Zeit.
Wir sind uns nah
und danken Dir
am Sonntag.

Jürgen Paschke

ent-täuscht

Wer nur glaubt
was er sieht
läuft Gefahr
die nächste Nebelbank
für das Ende der Welt
zu halten

Ursula Beecken

gezeiten

du kommst – du gehst
immer schon
heute und
ewig

du kommst – du gehst
du gibst – du nimmst
immer schon
heute und
ewig

du kommst – du gehst
du gibst – du nimmst
bleibst Gott – mein Gott
immer schon
heute und
ewig

Elisabeth Krahn

Veränderung

Das Alter löst die Jugend ab
es geschieht ganz leise
doch geht die Zeit in schnellem Trab
in dennoch stiller Weise

Dagmar Westphal

die schönste

alt werden
die anderen
sein lassen
im regenwind reifen
wach sein und lauschen
plaudern mit blüte und wurm
die liebe lieben
den schmerz des tages
lächelnd begrüßen
gedanken verknüpfen
hin durch die schlucht
des vergessens
den himmel schauen
die zeit
so viel zeit
und jede stunde
die schönste

Von Menschen und Tieren

TIERISCH TEURE TAXIFAHRTEN
FÜR TOURISTEN
TIERISCHES TANZ-TURNIER
FÜR HUND UND HERRCHEN
TIERISCHE TOUCHSCREEN TABLETS
FÜR TECHNIKFREAKS
TIERISCH UND DOCH UNENDLICH MENSCHLICH

Jürgen Paschke

Jürgen Richtzenhain

Eine nasse Fahrradpartie

Wir Männer und Frauen unseres Sportvereins starteten jedes Jahr einmal zum gemeinsamen Fahrradausflug. Unser Ziel: eine Fahrt ins Blaue mit besonderen Überraschungen.

Diesmal ging es im Hochsommer durch verschlungene und bewaldete Stadtrandgebiete auf Wegen, die man sonst vom Auto aus gar nicht bemerkt. Das macht ja gerade den besonderen Reiz einer Radtour aus. Etwa zwölf Kilometer außerhalb sollte ein idyllisches Lokal unser Ziel sein. Die Plätze waren reserviert, das Essen schon bestellt, an alles war gedacht, nur an eines nicht: Die Gaststätte öffnete nämlich erst um 18 Uhr, wir waren aber bereits um 17 Uhr da, durchgeschwitzt und voller Erwartung. Was nun?

Einer hatte die rettende Idee. Er wusste, dass sich ganz in der Nähe ein Kiesteich befand, in dem man wunderbar baden konnte. Man brauchte nur kurz durch duftende Kornfelder zu fahren, schon war man da. Also, nichts wie hin! Es war ohnehin ideales Badewetter.

Da das Ganze an einem Wochentag stattfand, hielt sich die Anzahl der Badegäste in Grenzen. Nur die Bewohner mehrerer Wochenend-Häuschen waren da und einige zusätzliche Tagesbesucher. Wir schauten auf das einladend klare Wasser, in dem sich die glitzernde Sonne widerspiegelte und merkten fast alle urplötzlich voller Erschrecken, dass wir keine Badebekleidung mitgenommen hatten. Ich war tatsächlich der Einzige, der seine Badehose schon anhatte. Jetzt war guter Rat teuer. Sollte ich mir etwa allein das Badevergnügen gönnen? Das wäre doch fast eine Provokation, die ich den anderen nicht antun konnte. Wir standen also etwas enttäuscht am Strand und sahen ziemlich rat- und hilflos aus, als auf einmal von Angelika der Schlachtruf ausging: „Was soll's! Feiglinge! Mir nach!" Ruck, zuck streifte sie T-Shirt und Hosen ab und sprang zu unserem und der anderen

Badegäste Erstaunen splitterfasernackt in das kühle Nass. Ohne lange zu überlegen, folgten alle ihrem Beispiel und sprangen auch nackt in die Fluten. Das war ein Gejuchze und Geplantsche!

Nach ausgiebigem Spiel und lustigem Treiben im Kiesteich stiegen wir erfrischt ans Ufer und ließen unsere Haut von Wind und Sonne trocknen. Alle waren im Adams- und E-vaskostüm, dem natürlichsten Outfit der Welt. Eine Sports-freundin schaute mit schelmischem Grinsen an mir herunter und konnte sich dabei ihre ironische Bemerkung nicht ver-kneifen. Sie sagte: „Na, wegen *dem* Bisschen hättest Du ja auch wirklich keine Hose mitnehmen müssen!"

Vor den Fahrradausflügen in den Folgejahren fragte manch einer verstohlen: „Kommt Angelika diesmal wieder mit?"

Jürgen Richtzenhain

Tu's doch !

Du hast etwas vor,
und zwar schon länger?
Zögere nicht,
die Zeit wird enger.

Beginne sofort,
sonst ist es zu spät.
Dann kommt der Tag,
an dem nichts mehr geht!

Sybille Labischinski

Trautes Heim, Glück allein!

Vorsichtig reckte sie sich. Eng war es und dunkel. Der abflauende Geräuschpegel sagte ihr, dass bald alle gehen würden und sie aus ihrem Versteck kriechen konnte. Und dann hatte sie ihre Wohnräume endlich wieder für sich!

Das war die schönste Zeit des Tages, wenn sie allein war und alles nach Belieben nutzen konnte. Es entschädigte sie für die erduldete Enge und die unbequeme Lage im Eckschrank. Nichts ging über diesen Augenblick, wenn sie ihre eingeschlafenen Glieder dehnte, tief durchatmete und dann durch die vielen Räume schlendern durfte!

War ihr Rundgang beendet, ließ sie sich in einem bequemen Sessel nieder und genoss die Aussicht durch die riesige Glasfront, die sie mit keinem teilen musste: Unzählige Halogen-Lämpchen rund um die Fensterfront erleuchteten märchenhaft die Kulisse der Nacht. Und all dieses gehörte ihr, keiner würde sie stören! Niemand wohnte so
luxuriös wie sie. Leider konnte sie ihre Räume nur nach Geschäftsschluss nutzen – das musste sie in Kauf nehmen.

Sie stand auf, kramte ihre Vorräte aus dem Rucksack und machte es sich an einem gedeckten Esstisch gemütlich. Heute nahm sie ihr Abendessen an einem Essplatz ein, der ganz in blau gehalten war: Geschirr, Vase, Kerzen-ständer, Servietten und Tischtuch – alles passte zusammen. Sie achtete sehr darauf, nichts zu verändern, was sie bis zum Morgen nicht mehr hätte in Ordnung bringen können. Um nichts in der Welt durfte sie die Aufmerksamkeit der Angestellten auf sich ziehen. Das hätte ihrem trauten Zuhause schnell ein Ende gemacht. Ihrer Ordnungsliebe schrieb sie es zu, im Laufe des Jahres noch nicht entdeckt worden zu sein.
Sie steuerte auf ihren Lieblingsfernsehsessel zu und brachte ihre Beine in eine bequeme waagerechte Lage. Genussvoll kuschelte sie sich in die weichen Polster. Die Ruhe und Be-

haglichkeit entschädigten sie für die Stunden in dem kalten Novemberwetter, in dem sie sich Tag für Tag aufhalten musste. Wie jeden Tag war sie kurz vor Geschäftsschluss durch die Möbelabteilung des Hauses geschlendert, als wolle sie sich informieren oder etwas kaufen. Täglich kleidete sie sich anders: einmal mit Mütze, einmal mit Kopftuch oder sie veränderte ihre Frisur.

Sie ließ den Blick schweifen. Wie liebevoll alles arrangiert war! Sie lebte in Wohnnischen mit unterschiedlichen Stilmustern – je nach Laune! Niemals hätte sie sich solch ein Zuhause leisten können! Ach, sie konnte sich gar kein Zuhause leisten – doch ihre Bleibe war unübertrefflich! Sie war sehr zufrieden, dass sie dieses Haus zufällig entdeckt und sogleich für sich genutzt hatte. Sie konnte sich sehr gut an den ersten Abend erinnern: welch ein Genuss hatte ihr hier das Wohnen und Schlafen bereitet!

Heute wählte sie ein ganz besonderes Bett: es war aus schwarzem Korbgeflecht. Als Betttuch diente ein silbernes Satinlaken, Kopfkissen und Bettzeug waren aus schwarzer Seide, und für den Nacken gab es zusätzlich ein kleines Kissen. Schwarze und silberne Kuscheltiere waren über das Bett verteilt. Über allem wölbte sich ein dunkler Betthimmel, in dem silberne Sterne leuchteten, und auf dem Nachttisch entdeckte sie winzige griechische Skulpturen, einen silbernen Leuchter und eine knallrote Pyramide!

Dankbar benutzte sie die wolligen Pantoffeln vor dem Bett, denn von hier bis zum Klo waren es einige Schritte. Als sie sich in die seidigen Kissen schmiegte, die kleine Lampe am Kopfteil des Bettes gelöscht und noch einmal auf verdächtige Geräusche gelauscht hatte, dauerte es nicht lange, und sie war friedlich eingeschlafen.

Eines Abends – sie war kaum aus ihrem Versteck gekrabbelt – vernahm sie Geräusche im Gang nebenan. Sie erstarrte. Es konnte unmöglich noch jemand da sein, es war doch längst Feierabend! Auf Zehenspitzen schlich sie vorsichtig in Richtung des Ganges. Das Herz blieb ihr fast stehen: beinahe wäre sie mit einem Mann zusammen gestoßen!

Auch er war erschrocken. Sie blickten sich finster an, mussten dann aber lachen, die Situation war einfach zu komisch. Jeder von ihnen hatte gedacht, allein zu sein!

Jung war er, etwas größer als sie, war ihr sofort sympathisch mit seinen zerzausten Haaren, dem Blouson über dem blauen billigen Seemannspullover, der braunen Hose und den ausgetretenen Schuhen. Während sie ihn kritisch musterte, runzelte er die Stirn. Das machte ihn noch netter, denn so wirkte er etwas dümmlich. Er betastete sie mit den Augen, das war ihr gar nicht recht, aber er hatte schon gewonnen.

Sie suchten sich einen Tisch für ein gemeinsames Mahl und breiteten ihre Schätze aus. Das Essen war heute umfangreicher als gewöhnlich, und das entschädigte sie für den Ärger, den ihr dieses Treffen bereitete.

Sie bestand auf getrennten Betten, nachdem er sie fragend angeschaut hatte, und suchte sich etwas abseits ein helles Jugendzimmer. Niemals hatte sie als Kind so etwas gesehen. Trotz ihrer Müdigkeit brauchte sie lange um einzuschlafen. Tausend Gedanken gingen ihr durch den Kopf. Als sie endlich einnickte, war ihr Plan fertig.

An nächsten Tag sahen sie sich früh am Nachmittag beim vereinbarten Treffpunkt. Es dunkelte schon. Sie hatte etwas warten müssen, aber dann kam er angebummelt, einen Apfel mit vollen Backen kauend. Freundlich hielt er ihr einen zweiten hin. Sie nahm ihn und dankte mit einem Kopfnicken. Gemeinsam wollten sie das Möbelhaus aufsuchen und sich dann getrennt verstecken. Aber bis dahin war noch viel Zeit. So schlenderten sie durch den Stadtpark, der zu dieser Jahreszeit völlig vereinsamt war. Wer außer ihnen würde auf die Idee kommen, in der Novemberdämmerung im Park spazieren zu gehen!

Er setzte sich auf eine Bank, legte seine Nylontasche ab und lümmelte sich gegen die Lehne. Neugierig beobachtete er sie. Sie setzte ihren Rucksack ab, stellte sich hinter ihn und wickelte eine seiner Haarsträhnen zu einer Locke. Er seufzte entspannt, und sie löste ihren Gürtel.

Ein marokkanischer Ledergürtel war es, zu einem dünnen Zopf geflochten. Sie nahm ihn in die rechte Hand. Mit der linken streichelte sie seinen Hals, was er grunzend genoss. Dann löste sie sich von ihm, packte blitzschnell das andere Ende des Gurtes, legte es mit der linken Hand um seinen Hals, zog mit der rechten fest zu und drehte unaufhaltsam beide Gurtenden fest zusammen.

Er gab einen gurgelnden Laut von sich und versuchte, sich zu befreien. Aber da war kein Entrinnen. Dass es so leicht sein würde, hatte sie nicht erwartet. Ohne Hast nahm sie ihren Rucksack und ging schnellen Schrittes den Weg zurück. Es war Zeit, nach Hause zu gehen. Sie wollte in Ruhe ihr Versteck aufsuchen.

Renate Miog

Paradiesvogel

Ein lindes Plopp
Vom Himmel gefallen
Auf meine Zeitung

Grazil die schwarzen Beinchen
Gestellt nach Model-Art
Stecknadelkopfgroße Augen
Fein modelliert die Nase
Oder besser ein Rüsselchen
Das schwarze Kleid
Mit weißen Flecken
Aber rot die Bordüre
Am Flügelrand
Wie eine Stola

Still
Sitzt du da
Kaum
Bewegst du deine Flügel
Prunkst
Mit deinem Rot

Chaos in Patagonien
Durch deinen Flügelschlag
Verändert er
Auch meine Welt?

Johannes Bildau

Cheeko

Zwei Jahre zieht es sich nun schon hin. Cheekos Schicksal muss endlich geklärt werden. Zwei wohlmeinende Parteien samt ihren Familien streiten sich ums Sorgerecht und geraten in Gefahr, sich endgültig zu entzweien.

Infolge Unfähigkeit oder Unwilligkeit – aus purer Berechnung wäre menschlich – ist aus ihm nichts heraus zu holen. Er genießt die doppelseitige Zuneigung und das Werben um seine gefällige Gunst.

Er nimmt freudig und nicht undankbar, was ihm lockend und willig gegeben wird, lässt sich aber nicht anmerken, welcher der beiden Parteien denn nun seine größere Sympathie gilt.

Dieser Zustand wird für die Werbenden unerträglich. Sie rufen das Gericht an. In einem ordentlichen Verfahren vor dem Amtsgericht werden 15 Zeugen geladen. Sie sollen für Cheeko Partei ergreifen und dem Gericht helfen, ihn seinem wirklichen Zuhause wieder zu zuführen. Allesamt Nachbarn, werden sie zu wahrheitsgemäßer Aussage verpflichtet.

Das Verfahren gestaltet sich durch Cheekos totale Verweigerung der Mitarbeit besonders schwierig. Mit wohligen Lautäußerungen und gespreiztem Barthaar genießt er die allgemeine Aufmerksamkeit, ist aber sonst zu keiner hilfreichen Geste bereit. Liegt einfach da und schnurrt behaglich.

Während die eine Partei ihn seit dem Herbst 2006 schmerzlich und tief trauernd vermisst, glaubt sie ihn beim Nachbarn entdeckt und identifiziert zu haben, bei der jetzigen Gegenpartei also.

Diese wiederum behauptet dreist, dass die Fellnase schon seit dem Sommer 2004 ihre Samtpfoten unter ihren Familientisch ausstrecke und dieses Zuhause seither nur noch sporadisch verlassen habe.

Da Cheeko amtlicherseits nicht als Lebewesen, sondern als Sache gilt, wurde der Besitzerstreit ausgelöst, der ihm nun wirklich schnurzpiepe ist, wie er durch sein Verhalten deutlich zeigt.

Mit der vielfachen Zeugenbefragung versucht das Gericht zu klären, wann der Kater bei welcher Familie eindeutig und dauerhaft gesehen wurde. Wie immer, gibt es auch hier viel Widersprüchliches. Cheeko hat unter den Zeugen offenbar Sympathisanten, deren Glaubwürdigkeit vom Gericht angezweifelt wird. Eine Entscheidung des Gerichts lässt wegen des Umfangs des Verfahrens auf sich warten. – Cheeko kann das nur recht sein.

Dagmar Westphal

Mäuse-Elfchen

Katze
schnurrendes Knäuel
krönst besonntes Gemäuer –
was du wohl träumst?
Mäusegeseufze.

Ursula Beecken

Buchfink und Grünfink - Eine Fabel

Siehst du den **Grünfinken** dort? Von dem moosbedeckten
Wurzelwerk des Kirschbaumes hebt er sich kaum ab mit
seinem schmutzig-grünen Gefieder. Ein **Buchfink** ist da
doch etwas ganz anderes: schön braun, mit rötlicher Brust
und einer schwarz-weißen Zeichnung auf den Flügeln!

Da setzt sich ja grade Herr Buchfink auf einen Ast ganz nah
bei Herrn Grünfink und beginnt ein Gespräch von oben
herab:
„Einen wunderschönen guten Morgen! Ich habe Sie fast
nicht gesehen, Vetter Grünfink, zwischen all dem verwelk-
ten Grün ringsum! Sollten Sie sich nicht mal einen neuen
Anzug leisten? Es sind jetzt so herrliche Farben in Mode –
Pink und Lila und ein wunderbares Braunrot, wie ich es tra-
ge hier an meiner Weste!"

Von unten tönt es selbstbewusst herauf:
„Vielen Dank, guter Freund, aber mein Anzug kommt grade
frisch aus der Reinigung und ist wieder wie neu. Und die
Farbe gefällt mir und auch meiner Frau immer noch und
immer wieder. – Wie wär's denn, wenn Sie, bunter Vetter,
weniger mit Ihrer Farbenpracht prahlten und mehr an Ihre
Frau dächten? Für die hat es wohl nicht mehr zu kostbaren
Gewändern gereicht, so schlicht angezogen, wie sie geht, im
Gegensatz zu Ihnen?"

Der Angeredete lacht aber nur selbstgefällig:
„Ach wo, Vetter Grünfink, das siehst Du falsch!
Mein Weibchen ist eben sehr bescheiden!
Es genügt ihr, wenn **ich** etwas hermache vor den Leuten.
Da fällt doch auch ein wenig von meinem Glanz auf mein
liebes Frauchen!"
„Vielen Dank, Vetter Hochhinaus, für die Aufklärung",
kommt es spöttisch zurück. „Ich bin zwar nicht so schön
wie Du, aber ich mag mich, wie ich bin. Und was meine

Frau betrifft, so kannst Du sie ja selber fragen, was sie von meiner und ihrer Kleidung hält. Im Gegensatz zu Deinem Weibchen ist sie nämlich durchaus in der Lage, für sich selbst zu sprechen."

Dagmar Westphal

schneckenbehaust

zimmer bestellt
gefreut gewartet
gewartet gehofft
gelassen gewartet
gewartet verärgert
begrüßt unverhofft
begeistert geöffnet
umarmt geredet
gezeigt gespürt

geredet geredet
bedrängt ungewollt
vereinnahmt heftig
verletzt geäußert
geschluckt verschreckt
geschwiegen enttäuscht
traurig hilflos
verschlossen
schneckenbehaust ...

Gerlind Boehm-Meier

Wie war das noch
mit dem Hasen und dem Igel?

An einem verschneiten Wintertag beobachtete ich an meinem Fenster die tänzelnden Schneeflocken. Mein Blick fiel auf das Vogelhaus, das ich für meine musizierenden Gäste neben dem Fenster aufgehängt hatte. Die hungrigen Vögel bemerkten mich nicht. Sie stritten um die besten Leckerbissen. Das erinnerte mich an eigene Erfahrungen, und ich begann mit einem der niedlichen kleinen Freunde zu reden. Es war eine winzige Haubenmeise, die sich gerade ereiferte, um eine Rosine abzubekommen, bevor sie von den Größeren verjagt wurde.

Ich stand hinter dem Vorhang und fragte sie sehr leise, um sie nicht zu erschrecken, ob sie die Geschichte vom Hasen und dem Igel kenne? Sie pickte weiter an einer Erdnuss. Aber ich weckte wohl doch ihr Interesse, denn sie nickte dabei zustimmend. Flüsternd begann ich zu erzählen:

„Wissen Sie, Frau Haubenmeise, mein Leben gleicht dieser Geschichte vom Hasen und Igel, in der zwar der Hase der Schnellere war, aber nicht die Klugheit des Igels hatte. Während der sich abrackerte und aufwendige Sprünge machte, nutzte der Igel nur seine gute Strategie. Wie Sie vielleicht wissen, Frau Haubenmeise, bekam am Ende nicht der sich verausgabende Hase die Lorbeeren sondern der berechnende Igel.

Wie dieser Hase war auch ich ständig Bedingungen ausgesetzt, die es mir nicht leicht machten. Am Wegessrand warteten immer nur Neider, die mich stürzen oder nur erschrecken wollten. Zum Beispiel der Fuchs, der plötzlich aus dem Hinterhalt erschien und mich jagte, als sei ich seine einzige Beute. Oder die Krähen, die auf den Zäunen saßen und unentwegt schrieen: „Gib's auf, gib's auf, du schaffst es nicht!" Sie setzten meinem Kopf so zu, dass ich mich anschließend ausruhen musste, um meine Verletzungen zu versorgen. Später begegneten mir Peiniger, die lautlos auf mich lauerten. Wie aus dem Nichts stellten sie mir ein Bein, so dass ich stürzte und eines der aasgierigen Tiere mich zu fassen versucht: Hyänen, die mir mit ihrem Todesgeheul Angst einjagten. Ein zähnefletschender Wolf hätte mir fast das Fell über die Ohren gezogen. Aber mir gelang immer wieder die sichere Flucht!

Zwar brauchte ich für meine Wegstrecke viel Zeit, um mit meinen Blessuren und dem angeknacksten Selbstvertrauen wieder auf die Füße zu kommen und auf dem richtigen Weg zu bleiben – aber mein Ziel vor Augen ließ mich jedes Hindernis überwinden!

Hallo, Frau Haubenmeise, hören Sie mir überhaupt zu? Wo waren Sie denn eben, als ich Ihnen die Episode mit dem Wolf erzählte? Ja, ja! Ich verstehe, sie bekamen es mit der Angst zu tun, aber es findet doch alles ein gutes Ende! Danke, dass Sie zurückgekommen sind!"

Das kleine süße Federvieh hatte sich erneut seinen Platz auf der Futterpiste erobert, als ihm ein frecher Spatz eine Haferflocke vom Schnabel stibitzte. Die Meise hüpfte empört auf das Dach des Futterhauses, ihre kleine ‚Elvistolle' sträubte sich noch mehr: „Piep, piep!" Wollte sie mir nun auch etwas erzählen? Ich lauschte ihren stummen Worten, die sie mir per Flügelschlag übermittelte: „Ja, wissen Sie überhaupt, Frau Mensch, wie schwer *ich* es habe? Sie sehen ja selbst, wie ich mir jeden Bissen erkämpfen muss. Aber jetzt schauen Sie mal ganz genau hin, wie ich die Größeren austrickse!"

Sie zeigte mir das Kunststück, wie man kurz wegfliegt, um dann die Futterstelle erneut anzupeilen Dabei überflog sie um Haaresbreite die größeren Vögel. Ihrer Futterneider wurden dadurch so aufgeschreckt, dass der Winzling nun den nötigen Respekt bekam, und die übrigen Rosinen genüsslich verspeisen konnte.

„War das nicht Beispiel genug?" zwitscherte sie vergnügt,
„oder braucht ihr Menschen – um zu verstehen – alle erst
einen Vogel?"

Dagmar Westphal

Sommerabend

Die Hasen getroffen
und dem Fuchs Gute Nacht gesagt,
was wäre wenn ...

Das Blühen der Rose belauscht und
den Duft der Raupe liebkost,
ach könnte ich doch ...

An den Lippen der Minze gehangen
und der Kreuzspinne Rätsel gelöst
im Heidelbeerwald.

Eine wandernde Insel geboren
und ins Haus meiner Träume
dich eingeladen.

Ursula Beecken

Pegasus

Uns Vadder het mi dat so leert:
Dat doar in Stall, dat is uns Peerd.
Gifft weck, de reckt mit jümmern Steert
bet an de Eerd.

Uns Mudder het dat anners liert.
Se seggt, dat Peerd heit doch woll Pierd,
un less em wassen, reckt sien Stiert
bet an de Ierd.

Uns Naber, Herr vun Drübbeldart,
seggt: all'ns verkiert, dat Deiert heit Paard,
un mit sien fienen, langen Staart
reckt bet na Aard.

Mi drööm, de drei hebt sick mal draapen,
dat Peerd, dat Pierd, dat Paard.
Se schnackt: De Lüüd maakt uns toun Aapen!
Wei möt wat doun, dat't anners ward.

Wi maakt mit düssen Schnick-Schnack Schluss,
nömd uns von nu an Pegasus.
Schüll uns dat nich wat beter dünken?
Mi wassen duar all lang de Flünken.

PLATTDEUTSCH   -   HOCHDEUTSCH
Deiert   -   Tier
Aapen   -   Affen
Flünken   -   Flügel

Elisabeth Krahn

Koarl und de Käber

Do woar eenmol een Jungche. He woar grad fimf Joahr olt.
Dee Jungche heeiß Koarl. Oaber Koarl mochte seeinen
Naom nich leeide. Seeine Eltere saogte emm, doß seein O-
papa och so jeheeiße hot. Oaber Opapa waor dot.

„Na, des maocht nuscht nich," meeint de Muttche, „so host
de immer een Ondenke on enn, und weer ooch." Domit woar dos Thema zeend. Koarlche sacht nuscht mehr, oaber hee
daocht, vleeicht nenn ech mech später oanders.

„Aober neei doch", meente seein Freind Sebastian, „Koarl is
scheen kurz, loass ma den Naom." Emmer wieder doachte
Koarl on seeinen Naom und den Opapa de nich mehr doa
woar.

Eeinmoal soaß Koarl im Goarte und zoählte de Grosholm.
Dobeei soah he eenen dicken schworze Käber de Hoalm ruf
renne. He wullt auf de oandre Seeit wieder nach unte; oaber
he woar so schwer, so doß de Holm sech emmer wieder bis
zimm Erdbode umboch und he koppheister rapp fiel. „Ha,
ha", loachte Koarl, „de bist dammlich, merkste nich, doß de für
de spiddriche Grosholm viel ze lachhodrich bist?" Domit wullt
Koarl offstehe. Doch he blieb wie anjewurzelt hucke; denn
plätzlich ertente eeine dustre Stimm vom Erdbode her: „Dos
hoab ech schon längs jemerkt, doß ech fieres Gros ze dick
bin. Drum rum renne konn ech ooch nich, weeil keen Platz-
che is. Muss richtich rachullern."

Koarl waor sehr verwundert, doß een Käber schabbern
kennt und bickte sech tief ze hem rapp. De Käber moachte
een Mannche, so doß Koarl hem in de Lameng nehme
kennt. Denn ließ sich de Käber begludern. „Wenn de
schabbern konnst, konnst ooch mit mir plachandern", soag-
te Koarl. „Mir is egol", antwortete de dicke schworze Käber.
So jammerte Kaorl iber seeinen Naome. „Na, weßt de, ech
bin mit meene Naome ooch nich zefriede", klabasterte de
Käber med seeiner dustre Stimm, „de Leit haobe mech und

meeine Familje enfoch ‚Käber' jenannt. Doch kicke ech aus wie eener? Hätt man mech nich ooch Schmetterlingche und des Schmetterlingche Käber nenne kenne? Wer send ooch nich jefragt worde."

Koarlche jriebelte noch, denn saochte her ze seeinem Käberfreeind: „Jao, jao, so hoabe es de Muttche und Vatche ooach mei mir jemacht. Oaber iberlech moal: de bist eein Käber und ech eein Koarl. E bißche ähne sech beeide Noame."

„De host recht", quidderte de Käber, „jege unsre Noame kenne wir nuscht nich moache, und wenn de maol a pa Gnosse hoast und ech ooch, denn suche wir fir uns Naome aus, de uns jefaolle. Vleeicht nenn ech meein Käbergnos denn ‚Koarl'."

„Und ech meeins ‚Käber'. Wenn unsse Gnosse greßer sind, ärjern se sech ooch iber ihre Noame", daochte Koarlche laut; „oaber des wird denn nuscht nich nitze." „Dos gloob ech ooch", meeinte de Käber. „Scheein, doß weer jeschabbert hoabe. Nu muss ech weeiter!"

„Machs jut, vleeicht bekicken we uns maol weder", rief Koarl hinter dem dicken schworze Käber her. De aober woar längs weder eenen Grosholm hoch jeklettert und fiel koppheister rapp. „Es jeeiht nich oanders", daochte Koarl und fing on, weeiter de Grosholm ze zähle.

OSTPREUSSISCH	-	HOCHDEUTSCH
koppheister rapp	-	kopfüber runter
spiddrich	-	dünn
lachhodrich	-	schwer
rachullern	-	arbeiten
Lameng	-	Hände
begludern	-	angucken
plachandern	-	miteinander reden
klabastern	-	erklären
quiddern	-	lachen
Gnosse	-	Kinder

Johannes Bildau

Die Macht eines Buchstaben
Ein Drabble

Ein Ehepaar sucht die Sonne und reist in den Süden. Der Mann aus beruflichen Gründen voraus, die Frau einen Tag später.

Vom Hotel am Zielort schickt er eine E-Mail an seine Gattin. Bei der Adresse vergisst er einen Buchstaben.

Die Mail landet bei einer Witwe, die ihren Mann soeben beerdigt hat. Sie blickt Zuhause in den Computer, um Beileidsbekundungen zu lesen.

Ihr Sohn entdeckt sie später ohnmächtig am Boden liegend. Auf dem Bildschirm steht:

Hallo Liebste.

Bin angekommen. Habe mich schon eingelebt. Deine Ankunft für morgen ist vorbereitet. Ich wünsche Dir gute Reise! Dein Mann.

PS: Verdammt heiß hier unten!

Ein **Drabble** ist eine pointierte Geschichte, die aus exakt 100 Wörtern besteht. Dabei wird die Überschrift nicht mitgezählt.

Larisa Molchanova

Ungelogen

Die Ratte guckt mir direkt ins Auge und fragt, ob sie sich bei uns ansiedeln darf. Sie darf. Selbst wenn sie nicht dürfte, darf sie – weil das bei Ratten schon immer so gewesen ist. Denn hier gibt es immer was zu fressen.

Sie sind klug, meine Ratten, ganz taktvoll und nicht aufdringlich. Weil es so kalt ist, habe ich die Haustür mit Wolle zugestopft. Sie haben sich etwas davon geholt und in ihren Eingang gesteckt. Sind sie denn heute nicht da? Vielleicht auf Reisen? – Nein, sie sind immer da und warten auf Futter!

Heute Morgen war eine Krähe da und hat die leeren Blätter meines Schreibheftes zerfleddert, das ich auf der Terrasse liegen gelassen hatte. Das machen Krähen eben, wenn man etwas liegen lässt. Aber ich sehe das anders: Meine Rattenmama hat bestimmt der Krähe gesagt, dass sie das tun soll, damit ich endlich mal etwas über sie hineinschreibe! Telepathie? Man muss eben andere Welten verstehen und mit ihnen auskommen.

Ich habe das Haus etwas vernachlässigt, weil es mir in letzter Zeit nicht gut ging. Aber die Vögel draußen habe ich mit viel zu viel Futter versorgt! „Selbst Schuld", sagt mein Mann, „wenn du dreimal am Tag die Vögel fütterst. Da fällt genug für die Ratten ab". Und warum leere ich die Biotonne nie rechtzeitig?

Ein gefährliches Leben ist das für die Ratten mit sehr viel Überlebenskunst. Kreuz und quer gebuddelte Wege, Vorratskammern, Morgenputz und ständig die Ohren steif halten! Und das alles ohne Lebens- und Krankenversicherung! Ich drohe mit Rattengift und Falle und schieße sogar mit einem ausgeliehenen Luftgewehr.

Unendlich leise flüstert da meine Ratte mit einer anderen. „Die Menschen sind alle gleich", höre ich, da nickt die andere. Ich stehe wie gelähmt mit meinem Luftgewehr in der Hand, denn ich habe etwas entdeckt: Ein Zeichen auf der Stirn der beiden Ratten. Es sieht aus wie ein Kreuz vom linken Auge zum rechten Ohr und umgekehrt. Sind bei Ratten beide Hirnteile gleich und nicht unterschiedlich wie bei Menschen?

Heute kann ich nicht schießen.

„Wir leben alle zusammen in einer Welt", höre ich weiter. Da ist meine Reue und Trauer wegen der erschossenen Ratte von gestern vorbei. Die ist ja heute schon wieder da! Munter und gelassen forscht sie nach der nächsten Mahlzeit und unserer Versöhnung.

Also gut, ich muss anders kämpfen. Morgen schreibe ich einen Zettel und lege ihn dahin, wo die Viecher schleichen: *Gesetze für verschiedene Lebewesen von Mensch bis Ratte in unserem Mehrfamilienhaus sind für alle gleich.* Wir wollen alle unsere Ruhe haben! Bei lautem Anknabbern unserer Innenausstattung ab 19 Uhr wird folgende Maßnahme angewendet: Es wird so laut geklopft, bis den Ratten die Ohren platzen!

Am nächsten Tag sehe ich die beiden Ratten schon wieder. Sie sitzen vor der Tür, als wollten sie rein. Zu dritt werden wir uns nicht unterhalten können, unsere Sprachen sind zu unterschiedlich!

Aber dann geschieht etwas Unglaubliches! Zwei Ratten stehen vor meinem Kleiderschrank auf den Hinterbeinen und halten sich mit den Vorderbeinen wie zwei Freundinnen aneinander fest. Plötzlich fangen sie an zu wachsen, und in wenigen Sekunden stehen zwei Mädchen vor mir, wild und lachend, in völlig neuer Gestalt! „Du nimmst das und ich das, schnell!" zischt die Dickere. „Nein, ich möchte lieber deins!" sagt die kleinere, kapriziöse Schlanke. „Mach schnell, sie kann jederzeit wiederkommen, beeil dich!"

Als sie mich sehen, verschwinden sie im Wald. Unten im durchwühlten Schrank liegt etwas Zusammengeknülltes. Pfui, das ist ja eklig! Sind das die Felle meiner neuen Geschwister? Tatsächlich – das sind ihre früheren Gewänder! Igitt! Aber meine Neugier überwiegt und ich denke: wie wär's mit einer Anprobe? Leider ist es nicht meine Größe. Als ich im Sessel sitze und meinen Tee trinke, höre ich sie schon wieder flüstern. Diese Ratten sind überall. Man muss die Augen offen halten! Ich überlege, wie wir befreundet sein könnten.

Heute habe ich zum dritten Mal die Rattenmama an der Tafel der Vögel belauscht. Wenn es keine Telepathie gibt, was dann? „Viel friedlicher geworden ..." höre ich. Die meint mich! „... aber du musst trotzdem die Ohren steif halten!" sagt sie zu ihrem Gatten und schaut mich an. „Ach" seufze ich, „wenn ich gute Arbeit hätte und genug verdiente, könntet ihr bleiben!"

Ich weiß, dass unser Nachbar etwas gegen die Viecher hat. Gestern sah ich einen schwarzweißen Vogel, klein wie ein Spatz. Er hüpfte nicht, er sprang so merkwürdig. Unser Nachbar, ein leidenschaftlicher Jäger, hat sich neulich selbst erschossen. Vielleicht hat er sich ja in diesen Vogel verwandelt?

Dagmar Westphal

Kraniche

Sandig die Küsten,
unvergesslich der Duft
in Kiefern, windschief

Nebel legt sich schon
auf nackte Erde zum Schlaf.
Luft schmeckt nach Herbst

Kraniche kommen
heran aus dem Baltikum.
Ihr Lied fliegt voraus

Über den Bodden
aufgebrochen gen Süden
in aller Frühe

Endlich gelandet
auf weiten Feldern mit Mais,
die Mägen sind leer

Die Nacht verbracht
mit den Beinen im Wasser -
hungrig bleibt der Fuchs

Kraniche ziehen :
Abschied verheißt ihr Gesang
und Vergänglichkeit

Wie Frühling und Licht
kehrt er wieder mit ihnen -
den Boten des Glücks.

Jürgen Richtzenhain

Überholkrankheit

Mein Freund Günther K. holte mich nach Absprache zum gemeinsamen wöchentlichen Übungsabend mit seinem PKW ab. Dazu muss gesagt werden, dass er ein Auto-Freak, Techniknarr und Bastler war, der mit viel Geschick und Sachkenntnis diese oder jene kleine Veränderung am Motor vornahm, damit zum Beispiel das Fahrgeräusch leiser wurde, der Benzinverbrauch sank und vor allem, damit sich der Anzug verbesserte.

Wir fuhren in der Stadt mit Tempo fünfzig , als uns ein kleineres Auto überholte. Das wollte Günther nicht auf sich sitzen lassen und gab Gas, sodass wir schnell auf Tempo fünfundsechzig waren und den Frechdachs spielend überholten. Der schien seinerseits ebenfalls vom Tempowahn besessen zu sein, beschleunigte, überholte wieder und ließ uns alt aussehen. So ging das weiter, beide fühlten sich herausgefordert und wollten dem anderen ihre scheinbare Überlegenheit beweisen. Da halfen all meine beruhigenden Worte nichts, Günther war nicht zu bremsen.

Obwohl ich sagte: „Lass den Verrückten fahren, wir haben doch Zeit, sonst kommen wir noch in eine Radarfalle!", fühlte sich mein Freund in seinem Ehrgeiz angestachelt und prustete empört: „Dem werde ich's zeigen mit seinem kleinen Asphaltfloh!"

Schließlich waren sie vielleicht schon bei Tempo einhundert im Stadtzentrum angelangt, als wir endlich abbiegen und das Tempo verringern mussten. Doch was war das? Unser „Rivale" bog auch ab und überholte uns wieder bei der erst besten Gelegenheit mit einem triumphierenden und herausfordernden Lachen im Gesicht. Doch zum Gegenangriff war es jetzt zu spät, denn wir mussten noch einmal abbiegen, dann waren wir schon am Ziel, aber als Zweiter!

Wie das? Der Andere hielt ja auch dort, wo wir hinwollten! Er stieg aus und kam fest entschlossen auf unser Auto zu. Ich dachte: „Hoffentlich gibt es jetzt keinen Ärger und er verpasst Günther eine Ohrfeige!"

Der unbekannte Raser riss ohne lange zu zögern unsere Fahrertür auf, streckte Günther die Hand hin und sagte zu meiner Verblüffung:

„Wollen wir uns wieder vertragen?"

Ursula Beecken

Tierische Limericks

Es lebten vor Zeiten am **Nile**
grün-längliche Tiere, und viele!
Als Krokoleder
so kannte sie jeder,
drum nennt man sie jetzt Krokodile.

Frau Kranich im Harzdörfchen **Dorste**
flog etwas zu hastig zu Horste
und legte ihr Ei
knapp am Nestrand vorbei.
So gibt's keinen Nachwuchs im Forste.

Gerlind Boehm-Meier

Tierisches Glück

An einem spanischen Strand lebten Don Carlos und Pepita, zwei nicht sehr wohlerzogene Mischlingshunde. Sie ernährten sich von dem, was ihnen übersättigte Touristen aus den Strandhotels und Bistros übrig ließen. Die geschmeidige Pepita war eine verwöhnte Streunerin, Don Carlos eher genügsam.

„Wer sich ziert, verliert", kläffte die kesse Hündin ihrem Begleiter zu. „Hör auf, die Fische zu erschrecken", wuffte ihr phlegmatischer Kumpel, der es sich mal wieder in einem der leer stehenden Strandkörbe gemütlich machte. „Sieh mal, wer da im Dreck schläft, ein Nilpferd könnte nicht schlanker sein!" stellte Pepita fest, als sie im Sand einen gewichtigen Touristen entdeckte, der in der Sonne seine Siesta hielt.

„Meine Schnüffelnase ortet ziemlich starke Signale", gab Don Carlos zu erkennen, der neben dem menschlichen Fleischberg eine angebissene Pizza erspähte. „Na, was hindert dich noch, Opa Carlos, und vergiss das Dessert nicht für mich, wuff, wuff!"

„Weshalb denn immer ich? Du bist doch viel schneller!" „Das ist wohl ein Scherz! Ich habe Stil und Eleganz, ich hasse Fastfood! Auf mich mit meinem Charme warten noch ganz andere Leckerbissen" entgegnete seine pfiffige Freundin ironisch.

Die Sonne brannte aufs Fell, und so wollte auf beiden Seiten noch kein rechtes Jagdfieber aufkommen. „Oh nein, was will denn d e r schon wieder hier!" beklagte sich Don Carlos, als er Orlando erblickte, der nach wesentlich mehr Kampfgeist aussah.

„Pepita, Süße! Hast du heute schon gefrühstückt? Wie wäre es mit einem leckeren Happen? Oder braucht die feine Dame einen königlichen Bodyguard?" bellte der Ankömmling, während er sich schwänzelnd daran machte, Pepita zu beschnuppern.

„Na, du schwerer Junge, du strotzt ja wieder vor Kraft. Wo hast du denn dein Haar gelassen? Du weißt doch, dass ich für kahle Promenadenmischungen nichts übrig habe. Danke, ich stelle mir mein Menü selbst zusammen" konterte die Hündin und entfernte sich schnell aus Orlandos Dunstkreis.

Inzwischen bewegte sich Don Carlos auf seinen Nebenbuhler zu, der zog daraufhin seinen Schwanz ein.

„He, Orlando, du Dumpfbacke! Ich habe dein dummes Gesicht nicht gerade vermisst!" „Ganz ruhig, Don Carlos, du krummer Hund! Ich werde dir schon nicht deine Braut ausspannen!" „Mach bloß die Flatter, bevor ich zur Killermaschine werde!" knurrte Don Carlos Orlando an.

„Ich halte ja schon meine Schnauze" winselte Orlando traurig, „ich bin nicht nur fix sondern auch fertig. Tut mir leid, wenn ich manchmal so eklig bin. Wir Straßenköter müssen doch zusammenhalten, sonst kommen die Hundefänger und verarbeiten uns zu Schmierseife. Außerdem ist es nachts allein viel zu gruselig. Und gemeinsam schnüffelt es sich doch auch viel besser ... alles andere ist doch Welpenkacke!"

Nach diesem Gewinsel bekam Don Carlos Mitleid mit dem zerschundenen Urvieh Orlando, der schon einiges in seinem Hundeleben durchgemacht hatte. Und darum dachte er:

„Wenn der sich auch manchmal so verhält wie ein Macho mit Dachschaden, so weiß ich doch, dass alle, die ihr Maul sehr voll nehmen, die ärmsten Kreaturen sind. Das erlebt man ja alles bei den Menschen. Zuerst knuddeln sie dich, weil du ein süßer Wonneproppen bist und versprechen dir, sich viel um dich zu kümmern. Aber später wirst du ihnen lästig. Sie vergessen dich oder bringen dich weg ..."

Und großzügig rief Don Carlos seinem neuen Kumpel zu: „Komm schon, du armseliger Köter, du sollst nicht länger als Einzelgänger herumstrolchen!" „Was bin ich für ein Glückspilz !" freute sich Orlando, als er nun zum Weggenossen wurde.

Pepita hatte mittlerweile von der entspannten Atmosphäre profitiert, die nun wieder eingekehrt war. Sie schickte sich an, ein Nickerchen zu machen, doch das wurde von einem jähen Aufschrei des dicken Touristen unterbrochen. Er hatte sich einen Sonnenbrand zugezogen.

„Ich wusste doch, dass wir hier nichts verloren haben" stellte Pepita entsetzt fest, als der aufgeschreckte Mann mühsam versuchte, seinen mächtigen Körper aufzurichten. Sein schmerzverzerrtes Gesicht ließ nichts Gutes ahnen. Schon bemerkte er das neugierige Trio, das sich flugs aus dem Staube machte. Mit einem grimmigen Blick warf er den dreien die kalt gewordene Pizza hinterher. Aber dies tat der neu gewonnenen Freundschaft keinen Abbruch. Von nun an wurde nur noch gemeinsam gestromert, geschnüffelt und gefaulenzt.

Von Trauer und Schmerz

SCHMERZ – EIN UNGELIEBTER LEHRER,
EIN SCHEINBAR ZWEIFELHAFTER FREUND.
BEGLEITER IM TIEFGANG.

Jürgen Paschke

Gerd Lamprecht

Rotkäppchen

Emilie K. – der Name ist geändert –,
auch Emmy, wie man liebevoll sie nannte,
war eine Frau von fünfundachtzig Jahren,
schon lange Witwe, kinderlos
und einsam in ihrer Altbauwohnung, dritter Stock.
Im Frauenkreis der Kirche gern gesehen,
geschätzt bei den Gesprächen über Glaube
und Religion – das war ihr Element.
Die Frauen sahen sie als Kopf der Gruppe,
wenn Mittwochnachmittag sich alle trafen.
Emilie kam dann *vor* den andern,
begrüßte jede einzeln, oft mit Küsschen –
man könnte sagen: Emmy war ihr Leitstern.

Vikarin Birgit – wir nennen sie mal so –
versuchte oft vergeblich, die Schnatterschar
der Damen auf *ein* Thema einzuschwören.
Das glückte ihr, als sie am Schluss der Stunde
fürs nächste Mal das Thema „Märchen" anbot:
O ja! Ein Märchen – alle kannten eins!
Die meisten waren Oma, hatten Enkel
und ihnen abends Märchen vorgelesen.
Nun – sie *versprühten* förmlich Märchenlaune:

„Schneewittchen, Fundevogel, Aschenputtel,
Dornröschen, Rumpelstilzchen, Hans im Glück,
Rapunzel..." – Pause – Mitten in die Stille
rief Emmy, die bis da geschwiegen hatte,
nur „Rotkäppchen!" – Da fragten alle sich, wie
man *dies* Märchen nur vergessen könne,
das meistbekannte der Gebrüder Grimm?
Und Birgit, hocherfreut, dass nun wohl alle
Emiliens Leitstern folgen wollten,

begann noch in der Nacht die Vorbereitung.
Im Internet stand viel, was sie nicht wusste,
die Stadtbibliothek zum Beispiel bot auch
die Deutungen und Interpretationen
von Erich Fromm und Bruno Bettelheim –
das Thema „Rotkäppchen" schien unermesslich.
Geschickt flocht Birgit Ursprung und Legende,
wob ein verschiedne christliche Gebote,
und dann, am nächsten Mittwoch, waren alle
mit Feuereifer bei der Sache – die Zeit
verging mit muntrer Plauderei im Fluge.

Und weil die Frauen schon in heiklen Dingen
viel Menschenkenntnis und Verständnis zeigten,
nahm Birgit Anlauf zur „Brisanz" des Themas.
Für Fromm und Bettelheim, die Psychodeuter,
ist dieses Märchen *das* Symbol für Missbrauch,
Symbol des ewigen Kampfes der Geschlechter:
Der böse Wolf frisst, also vergewaltigt
erst die Großmutter und dann auch noch das Mädchen –
des Jägers Vaterbild erlöst die beiden...

Bei dieser Deutung ward es plötzlich still.
Erst ungläubig, dann ärgerlich verdammten
die Frauen alle Psychologen, die aus
den Kindermärchen Schauermärchen machen.
„Ach Rotkäppchen, jetzt bist du nicht mehr schön!" –
und wortlos-wütend gingen sie nachhause.

Am nächsten Mittwoch kam Emilie nicht,
da musste Birgit handeln, und sie ging
zu Emmys Altbauwohnung, dritter Stock.
Dort saß Emilie still und stumm am Fenster –
der Mittwoch hatte in ihr aufgerissen,
was mehr als sechzig Jahre zugedeckt.
Nur langsam brachte Birgit sie zum Reden.

„Mai fünfundvierzig, grade war ich neunzehn,
war Flakhelferin bei Göttingen, der Krieg war aus,
wer konnte, fuhr nachhause, ich nicht –
die Eltern waren tot, das Haus zerbombt...
Mit einer Freundin hauste ich im Lager,
da kamen mittags zwei versprengte Landser,
wir teilten unser Brot – *die* wollten mehr!
Die Freundin wurde schwanger, ich hatte „Glück"
im Unglück, das seitdem mich nicht mehr los ließ.
Viel später traf ich meinen Mann, ich konnt'
es ihm nicht sagen – und ich *wollte* ja
so gerne Kinder – doch es klappte nie!
Ach, du bist nun die erste, der ich's beichte."

Brutaler Albtraum, lebenslanges Trauma –
ein Glück für Emmy, ihre Last des Lebens
nun endlich los zu sein. Und Glück für Birgit,
die Sekundantin dieses Glücks zu werden.

Ursula Beecken

dringende bitte

gieß nicht jedes öl
auf wogende gefühle
manches öl erstarrt

Hella Lach

Lehensgut

Er hat sich versteckt. Verzweifelt versucht er, sein Zittern und Schluchzen zu unterdrücken. „Hier werden sie mich nicht finden!" Er klammert sich an diese Hoffnung, kriecht dennoch tiefer ins Heu. „Sollen sie doch alle abhauen. Ich will hier nicht weg."

Mit seinen sieben Jahren begreift Gilbert es nicht. Sie sagen, es ist Krieg. Was immer das auch bedeutet! Plötzlich heißt es, die Russen kommen! Wir müssen hier weg, weg vom Gut und von meinen geliebten Tieren. Alle können wir nicht mitnehmen beim Treck in den Westen, haben sie gesagt.

Gilbert hört seinen Namen. Sie suchen mich. Sollen sie doch. Ich gehe nicht mit! Die Stimmen werden leiser. Sie suchen woanders, frohlockt er. Leises Scharren. Er horcht. Nichts. Doch, jetzt wieder: Tapp, Tapp. Jemand ist auf der Leiter. Die Bodenluke wird angehoben. Licht fällt auf Stroh und Heu. „Gilbert, Gilbert?" ruft seine Schwester mit leiser Stimme. Er hält den Atem an. Die Luke wird festgehakt, Vera betritt den Boden.

„Gilbert, ich weiß, du hast dich hier versteckt. Ich möchte auch nicht fort. Hier ist unser Zuhause, unsere Heimat. Aber wir können nicht bleiben. Bitte, komm jetzt, wir müssen aufbrechen."

Während sie spricht, tastet Vera vorsichtig im Heu. Sie kennt die Lieblingsstellen ihres Bruders. Ein verweintes Gesicht sieht sie an. Vera setzt sich neben ihn, nimmt ihn in den Arm. Wie kann ich ihn nur trösten, denkt sie.

„Es ist unsere Heimat.", wiederholt Gilbert. „Vielleicht werde ich niemals zurückkommen können? Oh, Vera, ich will hier nicht weg. Ich will nicht mit auf diesen doofen Treck."

Gilbert fängt wieder an zu zittern und schluchzt. „Warum versteht man mich nicht?" Vera ist genauso hilflos in ihrem eigenen Kummer. Lange Zeit halten sie sich fest umschlungen.

„Gilbert", sie hält mit beiden Händen das verweinte Gesicht ihres Bruders und sagt: „Schau mich an, bitte. Aus unserem Garten werden wir Erde mitnehmen: Unsere-Heimaterde. Ein Stückchen Heimat. So werden wir sie nie vergessen. Komm lass uns eine Schachtel suchen und die Erde holen. Dann werden wir bestimmt eines Tages zurückkommen!" Sie zieht ihn sanft hoch.

Keiner vom Gut hat etwas bemerkt Gilbert behält die Erde die ganzen Wochen bei sich, bis sie im Westen eine feste Bleibe finden.

Sie haben beide das Geheimnis bis heute gehütet.

Sechzig Jahre später

Veras Gedanken springen zu Gilbert im Nebenraum. „Warum versteht man mich nicht?", hatte er am Tag der Flucht gefragt. Was hätte sie sagen sollen. All diese schrecklichen Dinge, die auch sie nicht geahnt hatte? Sie haben sich hier eine neue Heimat geschaffen, einen neuen Grundstein gelegt. Gilbert hat eine glückliche Ehe mit Ursula geführt. Nie hat er mit ihr über das Gut und seine Kinderzeit gesprochen. Vera aber weiß, seinen Traum, die alte Heimat wieder zu sehen, hat er nie aufgegeben hat. Seit Jahren ist es wieder möglich, dorthin zu fahren. Aber zu diesem Zeitpunkt war Ursula schon sehr krank. Er verschob es Jahr um Jahr. Nachdem seine geliebte Frau verstorben war, wurde er sehr krank. Tapfer hat er seinen Traum begraben. Unser gemeinsames Schicksal ist wohl, die Heimat nie wieder zu sehen.

Aber nun wird es Zeit, zu ihm zu gehen. Vera klopft an die Tür. Auf sein leises „Herein" tritt sie ins Zimmer. Er ist blass, aber seine Augen haben heute einen besonderen Glanz. „Schön, dass du kommst", begrüßt er sie. „Die Sonne hat schon Wärme ins Zimmer gebracht. Ich möchte an den Teich."

Vera zieht einen Stuhl heran und setzt sich zu ihm. „Das ist eine gute Idee. Doch vorher bringe ich dir noch einen Tee und hole dir die dicke Decke. Hast du sonst noch einen Wunsch?" Gilbert umfasst mit beiden Händen Veras Gesicht und er bringt es fertig, sie dabei lachend anzuschauen: „Oh ja!" Er macht eine Pause und sagt dann: „Vera, schau mich an, bitte. Bringst du mir die Schachtel?"

Vera schluckt. Sie halten sich an den Händen, schauen sich an. Ganz langsam nimmt sie ihn in den Arm. Er sieht ihre Tränen nicht.

Wenige Sonnenstrahlen durchbrechen das Blattwerk des alten Kastanienbaums. Sie geben dennoch reichlich Wärme. Ein leichter Windhauch streift Gilbert. Sein Blick schweift in die Ferne. Er legt den Bleistift zur Seite und lässt das Heft offen auf der Schachtel liegen.

„Mein letztes Gedicht!" sagt er und schaut zum Baum „Und noch immer gibt es Kriege."

Er schließt die Augen. Und dann lächelt er. Vera beugt sich zu ihm hinunter, streichelt seine Hände und nimmt das Heft. Sie setzt sich auf die Bank.

Laut liest sie die Verse:

Geborgen	Trauer
in heimischer Scholle	unter uralten Bäumen
westwärts der Treck	Schwäne
Heimaterde vereint	weiß und grau
halte die Schachtel	Gedankenfülle
für meine letzte Reise	trägt der Wind
	nimmt fort
	mir meine Last

Jürgen Paschke

Flatrate in den Tod

16 Jahre
Exitus.
Tot durch Komasaufen!

16 Jahre
und schon Schluss.
Einfach dumm gelaufen?

16 Jahre
war er jung.
Vor ihm lag das Leben.

16 Jahre
als er ging.
Zukunft aufgegeben!

16 Jahre
kurz vor Schluss.
Wo war'n die Kumpane?

16 Jahre
Exitus.
Hisst die Notfallfahne!

Veröffentlicht auf der Internetseite www.alk24.net
Blaues Kreuz in Deutschland, Landesverband Niedersachsen

Sybille Labischinski

Erwachen

Sie lag im Bett mit rotem Gesicht. Ihre Glieder zuckten, sie schlug um sich, stöhnte. Die Hand fiel gegen die Wand. Sie wachte nicht auf, sie war sehr weit fort. Sie lief durch ein Spalier von Menschen, die nach ihr schlugen und sie mit Steinen bewarfen. Aber noch schmerzhafter waren die Verhöhnungen, die ihr Inneres trafen. Sie war schutzlos den Menschen ausgeliefert.

Was war geschehen, wer war sie? Sie wusste nicht, was sie getan haben sollte! Was rechtfertigte diese Strafe, diese Verachtung? Sie fühlte eine unbändige Wut, einen furchtbaren Hass, der sich nicht unterdrücken ließ. Gegen diese Leute, gegen alle. Sie würde sie töten, wenn sie könnte! Hatte sie schon einmal getötet?

Plötzlich war die Szene mit ihrer Freundin wieder vor ihr: Hand in Hand gingen sie eine heiße staubige Landstraße entlang. Die Hitze flimmerte über dem Asphalt. Sie stöhnte und ließ die Freundin los. „Du schwitzt, ich mag dich nicht mehr anfassen!" Sie sah das Mädchen an: Die strähnigen blonden Haare umrahmten ein blasses Gesicht, von der Sonne hochrot angelaufen und etwas dicklich und schwammig wie auch die Figur. Auf einmal konnte sie die Freundin nicht mehr leiden. „Wie fett du bist" sagte sie mitleidlos, „du bist wirklich hässlich, einfach widerlich!"

Fassungslos starrte das Mädchen sie an, dann hob es den kräftigen Arm und schlug zu. Der grobe Schlag traf sie nicht überraschend, trotzdem taumelte sie unter seiner Wucht, wirbelte herum, riss die Freundin zu Boden und nahm den Kopf, diesen hässlichen, schweißnassen Kopf, in ihre Hände. Und dann schlug sie ihn gegen einen Feldstein, wieder und wieder...

Sie ließ den leblosen Körper liegen und setzte ihren Weg fort, bis sie an einen Bach kam. Tat das gut, die Beine in das eisige Wasser zu stecken! Voller Wonne bespritzte sie Gesicht und Körper mit dem klaren Nass. Dann sah sie ihr Spiegelbild im Wasser. Nicht ihr Gesicht war es, das sie angrinste, es war das Antlitz einer Mörderin. Sie rutschte aus und fiel ins Wasser, rappelte sich auf, sprang heraus, lief über die Wiese, lief und lief – hinein in die Hände der grölenden Meute. „Mörderin, Mörderin!" hallte es in ihren Ohren. Sie war schlecht, das Böse war in ihr.

Irgendwann hatte sie die Menge hinter sich gelassen. Sie fiel ins Gras. Ihr Körper wurde geschüttelt und schrie das Unrecht heraus: sie sollte einem Menschen etwas getan haben? Das war nicht wahr, sie wusste es. So war sie nicht! Es konnte nicht wahr sein!

Es war fast dunkel geworden. Von weitem näherten sich schlurfende Schritte. Und Gesang. Aber so sang man doch nicht? Eine Kolonne von Menschen tauchte aus der Dunkelheit, schwarze Reihen, getrieben von Aufsehern in Uniform und hohen Lederstiefeln. Der erzwungene Gesang verebbte. Sie vernahm ein dumpfes Geräusch, jedes mal wenn einer der Gefangenen vom Kolben eines Gewehres getroffen wurde. Sie sah, wie er von gefühllosen Händen an den Wegrand gezerrt wurde, von groben Stiefeln getreten. Und mit Erschrecken sah sie jetzt auch die Kinder. Trotz der Dunkelheit konnte sie die entsetzten Augen erkennen und die Angst in den Gesichtern der Kleinen, die noch auf dem Arm getragen wurden.

Wind kam auf. Die Menschen mit den kahl geschorenen Köpfen erschauerten unter ihren Lumpen. Stumm gingen sie an ihr vorbei, und doch war das Leid hörbar - sie meinte, die Natur ringsum weinen zu spüren.

Die Wärter spürten nichts. Sie prügelten unbarmherzig in die Masse. Sie lachten und rissen ihre Witze. Und jetzt – ihr stockte der Atem – sah sie ihn: sie erkannte ihren Großvater Daniel. Er sah genau so aus wie auf dem Bild. Es hing im Wohnzimmer der Eltern über dem Bücherschrank. Nur magerer war er und blasser. Aber sie wusste: er war es. „Großvater!" rief sie und wollte zu ihm laufen. Aber sie lief durch die Menschen hindurch. Da war nichts, keine Körper, die sie aufgehalten hätten, sie rannte zum Großvater.

Dicht neben ihm marschierte sie mit, bis sie an ein Wäldchen kamen. Viele Menschen waren hier, die lange vor ihnen gekommen sein mussten. Mit Schaufeln hatten sie einen riesigen ca. 20 m langen und 3 m breiten Graben ausheben müssen.

Sie wurden gezwungen, sich aufzustellen. Die Uniformierten postierten sich, brachten ihre Gewehre zum Anschlag und drückten ab. Die Menschen fielen direkt in die Grube hinein. Die Nächsten mussten sich an ihre Stelle begeben, wurden erschossen, und so fort. Einige versuchten zu fliehen, auch sie wurden erschossen. Manche waren noch nicht tot, als sie in die Grube gestoßen wurden. Viele Tote lagen da unten, sich noch bewegende Leiber, ausgemergelte Jammergestalten, die Hände verkrampft zum Himmel gestreckt.

Sie hatte ihren Großvater an der Hand gefasst und wurde mit ihm an den Rand des Massengrabes gezogen. Sie versuchte, ihn wegzuziehen, fort von diesem Ort. Aber es ging nicht. Da war kein Widerstand, keine Materie. Sie hörte den bellenden Befehl, das Klicken der Gewehre, das Pfeifen der Kugeln. Ihr Großvater, den sie eben erst kennen gelernt hatte, fiel mit den anderen Ermordeten ins Grab. Aber niemand kümmerte sich um sie.

Endlich am Morgen blickte sie in das besorgte Gesicht der Mutter „Mami, ich bin wieder da" schluchzte sie. Die Mutter streichelte und beruhigte sie: „Du warst sehr krank, mein Kleines, aber nun ist alles wieder gut!" „Aber ich bin nicht gut, Mami" weinte sie, „ich bin schlecht, richtig böse. Hier drinnen, weißt du ..."

„Was redest du da, mein Engelchen, du und böse! Böse und schlecht sind ganz andere Leute, glaub mir das! Du hast nur schlecht geträumt.",,Aber Mami, ich habe es erlebt. Und ich habe Großvater gesehen! Ich habe gesehen, wie sie ihn totgeschossen haben. Die waren genau so schlecht wie ich" klagte sie. „Ich glaube, alle sind so. Aber ich will nicht so sein!"

Ihr ernstes kleines Gesicht ließ erkennen, wie sehr sie eine ehrliche Antwort erhoffte, als sie leise hinzufügte: „Mami, bist du auch so?"

Von alter und neuer Heimat

STIRBST DU NOCH?
ODER LEBST DU SCHON?

Jürgen Paschke

Bekim Morina

Durch die alten Straßen

Ich gehe wie einst durch die Straßen,
durch Herbst und Regen meiner Stadt;
und jeder Schritt auf den Pflastersteinen
bringt mir Erinnerung, Wehmut herauf.

Hier Abschiede, dort Wiedersehen;
der Blick aufs Vergangene quillt über,
bedrückt und bedrängt mich und
täuscht, als wäre nichts geschehen.

Aber überall fremde Gesichter, auch
die alten Farben sind es nicht mehr;
es überläuft mich ein kurzes Frösteln;
ich sehe nur Paare um mich her.

Wie zogen wir im Korso einst Arm
in Arm fröhlich die Straßen entlang.
Warum regnet es, warum zwingt der
Herbst mir jene alten Bilder auf.

Einer feiert eben ewig Geburtstag,
ein anderer durchlebt traurige Tage;
kennt dieser nichts als Frühling nur,
quält jener sich stets durch Dezember.

Gewiss, Greise werden bisweilen jung,
wie Jünglinge auch mal Trübsal blasen.
Ein Jahrzehnt verging mir wie ein Tag;
ein Abgrund zwischen Bürgersteigen.

Aus dem Gedichtband „Etwas Besseres als den Tod", 2006.
Mit freundlicher Genehmigung des Revonnah-Verlages, Hannover.

Ursula Beecken

Unterwegs

Steh auf, mein Kind, und komm!
    Der Feind jagt uns aus unserm Haus.
    Wohin?
    Von Aufgang fort nach Niedergang.
    Wohin?
    Nach irgendwo, nach nirgendwo.
    Warum?
Schweig stille, Kind, und komm!

Die Heimat unterm Arm:
Das samtne Fell der Schmusekatz
bald müd und grau und hart gereist
und ganz zerliebt und ausgesaugt
der letzte Trost Geborgenheit.
Sei tapfer, Kind, und komm!

Der Ort der Herkunft grau,
versteint in jener großen Flut,
als wer mich in die Arche stieß.
O Heimwehgrau, ins Herz gespült,
als Fremde mir die Füße stach -
Sei tapfer, Kind, und geh!

Ich schwieg. Ich kam. Ich ging.
    Ich reise noch von Tag zu Tag.
    Warum?
    Weil einer spricht: Die Arche trägt.
    Wohin?
    Nach Hause, deiner Heimat zu!
    Wohin? Wohin?
Vertrau mir, Kind, und geh!

Elisabeth Krahn

Masurensee

Sonne und die Wolkenberge
gleißend und auch daunenweiß
Wind spielt mit so ganz verzärtelt
blauer Himmel - Himmelreich

Wasserwellen – See Maransen
Stille macht die Menschen stumm
Kormoran fliegt in die Weite
Muscheln schimmern viel und bunt

Urahn fühlte unsere Sehnsucht
zeigte wo er einst gelebt
sahen seine kleine Insel
Zeiten wehten – Zeit vergeht

Weite – Weite – Wälder dunkel
wie ein kostbar Perlenband
Bäume spiegeln sich im Wasser
das ist Wunder – Heimatland

Bekim Morina

Im alten Nest

Ich sitze wieder im selben Café,
wie damals, doch ist mir alles fremd.
Jung waren wir, viele Freunde und laut;
jetzt ist's still und ich bin verdammt alt.

Der Rauch meiner Zigarette beißt,
mein Auge tränt; Tropfen auf dem Papier.
Mir scheint, jeder Tisch steht noch da,
aber es ist leer, düster und abgelebt.

Und der Kaffee schmeckt irgendwie bitter;
wie süß war er, welche Lust lag darin.
Etwas würgt in der Kehle, steigt in mir auf,
legt sich mir als Stein auf mein Herz.

Wie junge Störche, endlich flügge, fort-
ziehen, fliehen den regengrauen Herbst,
flogen wir auf und davon, weit ver-
streut, von Alaska bis nach Australien.

Doch wir kamen nie zurück ins alte Nest,
nie zusammen, werden nie wieder jung sein.
„Kellner! – bring mir noch ein Stück Papier
und Raki, eine Runde für alle – zum Wohl!"

Aus dem Gedichtband „Etwas Besseres als den Tod", 2006.
Mit freundlicher Genehmigung des Revonnah-Verlages, Hannover.

Sybille Labischinski

Die Stadt Celle

Ich komme nicht aus Celle, was weiß ich von dieser Stadt?
Für das Schreibspiel „Stadt-Land-Fluss" haben wir sie als
Kinder benutzt, weil sie die einzige für uns war, die mit ei-
nem „C" begann. Wir wohnten in Berlin, und ich bin eine
„Zugereiste".

Man sagt, Celle sei eine Beamtenstadt. Das klingt sehr ver-
staubt. Ämter, Gerichte, der Knast – aber es gibt auch ein
Schloss und ein Theater. Und Heidschnuckenbraten! Und
enge Straßen mit schiefen Fachwerkhäusern, aus denen
Menschen sich aus offenen Fenstern lehnen und geruhsam
die spielenden Kinder und das Leben ringsum betrachten.
Eine Idylle. Wirklich?

Sind es noch dieselben Menschen, die 1945 während des
Bombenangriffs auf den Hauptbahnhof die KZ-Häftlinge
verfolgten und jagten, die sich aus einem Güterwagen befreien konnten?

Die überladenen Schaufenster der Innenstadt wollen verfüh-
ren und versprechen Befriedigung, sie unterscheiden sich
nicht von denen anderer Städte. Es ist schön, durch die
Straßen zu bummeln, die bemalten und verzierten Fronten
der Fachwerkhäuser vor Augen mit den alten Brunnen und
Trögen in den Winkeln der Innenhöfe, den Schlosspark mit
seinen alten Bäumen, üppigen Rhododendren und liebevoll
der Saison angepassten Beeten und Rabatten.

Die Zeit könnte stehen geblieben sein. Der Turmbläser
kündet das Ende des Tages. Und mit wenig Phantasie erblickt man Celle, wie es früher gewesen sein mag:
Ritter poltern johlend und mit den Waffen klirrend durch
die Straßen, nicht der Abendruhe achtend, nach der sich die
Bürger sehnen, froh das Tagewerk hinter sich gebracht zu
haben. Wer wollte es wagen, sie zurechtzuweisen? Brüllend

und krakeelend ziehen sie zur Ratsschenke. Eine Magd klappert in groben Holzschuhen eilig über das Kopfsteinpflaster. Mit ihrem Korb voller Wäsche will sie zum Haus ihrer Herrin und achtet nicht auf die derben Witze der Männer. Auch die Dame im engen Kleid und der schicken Jacke überquert eilig die fast menschenleere Straße. Sie schaut sich um, aber da ist niemand. Ein winziger Schatten huscht über den Platz, vielleicht eine Maus oder eine Ratte. Stille. Wohlbehütet sind die Menschen in ihren Häusern...

Ich arbeite gern in dieser Stadt, aber die Straßennamen kann ich mir beim besten Willen nicht merken. Und keiner kann mir sagen, wo die Synagoge ist. Die meisten sind geradezu erstaunt zu hören, dass Celle eine Synagoge hat.

Sie ist 1938 nicht angezündet worden, weil sie so dicht zwischen die Häuser gequetscht war: eine Feuersbrunst wäre unvermeidlich gewesen.

Habe ich noch etwas vergessen? Ja richtig, die Hengstparade. Sehr imposant, sehr beeindruckend.

Und natürlich gibt es auch eine Zeitung: die „Cellesche"! Sie informiert u. a. über lokale Ereignisse, aber muss sie in den Sommermonaten hauptsächlich aus Berichten und Bildern der zahlreichen Schützenfeste bestehen?

Wenn eine Zeitung ein Käseblatt ist, dann ist die „Cellesche" für mich keines – denn ich würde nicht im Traum daran denken, meinen Käse darin einzuwickeln – schon wegen der Druckerschwärze nicht!

Elisabeth Krahn

Annäherung an Celle

Hingerissen in den Sog angsterfüllter Seelen -
suchend nach Halt in der Haltlosigkeit des Kriegs -
überlebend in die Welt der Erwachsenen gestoßen -
Kinder von damals traumatisch sich quälen.

„Celle" und „Heide"- zwei Worte noch ohne Bedeutung,
doch voller Ruhe: ich vergaß sie nie in langer Zeit.
Im Schatzkästlein meiner Gedanken geborgen,
geliebt, meine Träume, gewebt für die Ewigkeit.

Die Fäden des Schicksals untrennbar versponnen,
wiesen den Weg durchs Labyrinth des Seins
in diese Stadt Celle am Rande der rot-lila Blüten.
Sie lockte und lachte und schien mit mir eins.

Das Schloss umwehte Geheimnis der Weltgeschichte,
Fachwerk und Gassen atmeten fremd doch vertraut.
Eilten die Füße zu Dir und ein heißes Begehren,
seit ich zum ersten Mal fragend Dich angeschaut.

Liebkosender Duft im Grün deines Gartens,
der Fluss küsst die Stadt seit Jahrhunderten schon.
Befreit aus der Angst: Am Ende des Wartens
umarmt mich nun Celle mit Liebe als Lohn.

Ursula Beecken

Cellerick

Bemalt ist in Grau **Celles** Rathaus
mit Quadern und Löwen (sieht fad aus!)
In Gelb es zu streichen,
wird man nicht erreichen.
Es ging guter Rat längst dem Rat aus.

Von der Liebe

BLEIB STETS DEIN EIGNER FREUND
HAB ETWAS MEHR GEDULD MIT DIR
VERZEIH DIR, WAS DIR NICHT GEGLÜCKT
FREU ÖFTER DICH, WENN ES NUR HALB GELINGT.

Jürgen Paschke

Dagmar Westphal

Carpe diem - cave scorpionem

Lockt dich ein weiblicher **Skorpion**,
winkt dir so mancher süße Lohn,
denn er veredelt wilde Triebe
und krönt die Könige der Liebe.

Wen stachelt die Skorpionin an,
und wen zieht sie in ihren Bann?
Den Stümper stößt sie von der Brust,
den Könner adelt sie mit Lust.

Ein **Waage**mann ist viel zu lau
für eine Skorpionenfrau,
ein **Stier** ist ihr zu diplomatisch,
ein **Steinbock** letztendlich zu statisch.

Der **Zwilling** ist ihr leicht zu leicht,
eh ihre Tiefen er erreicht.
Wenn sie 'nen **Widder** sich erkor'n,
raubt sie ihm täglich Horn um Horn.

Mal schmückt ein Gold-**Fisch** ihre Bluse,
ein **Krebs** wird schwänzelnd ihr zur Muse.
Der **Schütze** hat sie schnell entflammt,
doch dauerhaft ist's nicht. Verdammt!

Ein **Wassermann** liebt meist sehr frei
zu testen, was skorpionisch sei,
doch wenn er ihr die Freiheit nimmt,
sie nimmermehr für ihn erglimmt.

Die **Jungfrau** hält es sehr zurück,
wird nie des Skorpionen Glück.
Der **Löwe** brüllt in die Arenen
und schüttelt bluffend seine Mähnen

dann streckt er sich und muss nur gähnen,
ihn wecken nicht einmal Sirenen.
Und **Skorpion** zu Skorpion
das ist verflixt - Opposition!

Ein weiblicher Skorpion bleibt heiter
und sucht gelassen weiter ... weiter.

PS.:
Die Skorpionin, ganz entzückt,
hat letztendlich den **Fisch** erblickt,
der sich nicht oberflächlich schmückt
und sie nicht nur mit Gold bestückt,
jedoch in Tiefen sie beglückt -
mich dünkt, der Goldfisch war geschickt.

Ursula Beecken

Inkluse

In goldenen Schmerz eingegossen
von salzigen Wassern umflossen
was Glück versprochen
und abgebrochen
im Bernsteinherzen verschlossen

Bekim Morina

Unser Park

Wir waren lange beieinander;
Zeit verging, wir sind getrennt;
doch Sehnsucht nach dir bleibt
- mein unerfüllter Traum.

Wie hab ich gewartet im Park
und du kamst still dazu;
nun irre ich ziellos herum
und nimmermehr kommst du.

Da standen andere Bänke
und grüner war der Park.
Da gab es Schwalben noch,
nicht Trübsinn nur und Raben.

Wir blieben bis Mitternacht,
zum Abschied küsst' ich dich.
So zart belaubte Bäume einst;
sie sind nun kahl, verdorrt.

Aus dem Gedichtband „Etwas Besseres als den Tod", 2006.
Mit freundlicher Genehmigung des Revonnah-Verlages, Hannover.

Ursula Beecken

Wie das Wasser

liebe mich
wie der Tau
er kommt vor dem Morgen
erfrischt und macht Mut

liebe mich
wie der Quell
er dringt auch durch Felsen
er sprudelt und singt

liebe mich
wie der Fluss
er strömt unermüdlich
bringt vorwärts und trägt

liebe mich
wie das Meer
es spiegelt den Himmel
und wird niemals leer

liebe mich

Elisabeth Krahn

Sommer

Ein liebeszarter Rosenduft
ein Hauch davon im Winde
erfüllt die weiche Sommerluft
liebkost die alte Linde

Bekim Morina

Wer weiß?!

Wenn ich gestorben bin, verwest,
eingesargt mein Träumen von dir,
ergreift dich vielleicht Bedauern
und erinnerst dich, dass ich gelebt...

Betest sogar für mich, das kommt vor;
auch dein Herz wird weinen können,
früher oder später, eine Träne, die
träge oder rasch tropft und trocknet.

Möglich, ich erscheine dir im Traum
oder du bist jäh entflammt vor Liebe;
ab und an wirst du an mich denken und
wieder vergessen, mehr oder weniger.

Wirst du das alles verkraften können?
Lässt du solche Gefühle überhaupt zu?
Oder trägst du nur heute Trauer und
tröstest dich: Das Leben geht weiter!

Aus dem Gedichtband „Etwas Besseres als den Tod", 2006.
Mit freundlicher Genehmigung des Revonnah-Verlages, Hannover.

Gerd Lamprecht

Die Droste und er

Es war ein heißer Tag, der letzte im August.
Die Droste jäh erschrak, der Lage wohl bewusst,
denn er war sechzehn, sie doch zweiunddreißig!
Und es war Sommer...

Levin kam immer dienstags, er fordert sie heraus.
Der Duft von Tee und Bien'wachs durchzog ihr „Schneckenhaus".
Er war jetzt achtzehn, sie schon vierunddreißig –
und wieder Sommer...

„Adoptivsohn" nannt' sie ihn, und „Seelenfreundin" er.
„Was soll ich ohne dich, Levin, mein Leben wäre leer".
Da war er zwanzig, sie bald sechsunddreißig –
noch immer Sommer...

Levin heirat't Luise. Die Droste trauert lang
und sinkt in tiefe Krise – Levin macht das nicht bang.
Er ist nun dreißig, sie weit über vierzig –
zwar ist Sommer, aber...

Dagmar Westphal

Ein Schwalbensommer

Schwalbenschwer
ist der Himmel
wir staunen:
sie bauen das Glück
unterm First und
es trägt
der Himmel
hängt voller Schwalben

Sommer umschnäbelt uns
im Fluge verschmelzen
die Stunden der Tag
löst sich auf
in Luft und Liebe
schwimmt diese Erde
wir leben davon
die Nächte sind hell

Ursula Beecken

Kürbisstern

Ich lag im grünen Grase
mit dir, dem Liebsten mein.
Die Wünsche in uns glühten,
wir wollten eins nur sein.
Und durch die Äste blinkt ein Stern,
wie hab ich dich so gern, so gern –
und an der Gartenpforte
die Kürbissterne blühten.

Ich lag an deiner Seite,
dein Leib so weich und warm.
Und unsre Herzen glühten,
ich lag in deinem Arm.
Und durch das Fenster blinkt der Stern,
wie hab ich dich so gern, so gern –
und an der Gartenpforte
die Kürbissterne blühten.

Ich träumt', ich wär gestorben,
mein Bett so hart und kalt,
und du in weiter Ferne
wärst müde und wärst alt.
In meiner Nacht erschien kein Stern
und du von mir so fern, so fern –
und an der Gartenpforte
erfror'n die Blütensterne.

Wir sitzen beieinander
auf unsrer Abendbank.
Es wandern die Gedanken,
ich bin vor Sehnsucht krank.
Und durch die Äste blinkt der Stern,
du bist so nah und doch so fern –
und an der Gartenpforte
ein Kürbis in den Ranken.

Jürgen Richtzenhain

Am Meeresstrand

1.

Urlaubszeit,
kein Weg zu weit
geliebter Strand,
Muscheln, Salzluft, Tang.

Sonne sticht,
es stürmt heut nicht,
nur Windhauch fächelt,
der Himmel lächelt.

Alles flimmert,
Wasser schimmert,
lieblicherweise
säuselt es leise.

Luft lau und warm,
die Liebste im Arm,
prickelnde Haut,
kein störender Laut.

Meer, das berauscht,
Seele, die lauscht,
Windesstille,
Gottes Wille.

2.

Natur, sie regt sich,
alles bewegt sich,
Wind, der mich streichelt,
sanft mich umschmeichelt.

Körper, der schwitzt,
Gischt schäumt und spritzt,
Ebbe und Flut,
Kühle tut gut.

3.

Wind plötzlich stürmt,
Meer aufgetürmt,
Luft tobt und braust,
alles zerzaust.

Schäumende Wellen
am Stein zerschellen,
Möwen, die schrei'n,
fühl mich so klein.

4.

Tosend und sanft
ist das, was du kannst.
Wogendes Meer,
ich liebe dich sehr.

Ursula Beecken

Seidenschrei

Wie lange liege ich nun schon am Strand -
die Hände berühren liebkosend den Sand,
der seidig erglänzt und wie Seide mich kühlt.
Fast hörbar das Rinnen der Körner und fühlt
so zärtlich sich an, singt zarter als knirschende Seide.
Sonne und Wind umfangen uns beide,
doch fehlt deine Hand,
die leise, ganz leise
die Seide der Haut mir berührt,
nicht nur Sand.

Elisabeth Krahn

Was ist die Liebe?

Sanftes Berühren
Lachen und Weinen
Vertrautheit spüren
Leben vereinen

Liebe ist Freude
Liebe gibt Kraft
Liebe im Leben
alles schafft

Die Autoren

BEECKEN, URSULA; *1942 in Niederschlesien (heute Polen); Lehrerin; schreibt Prosa und Lyrik in Hoch- und Plattdeutsch; veröffentlicht sind bisher Texte geistlicher Lieder, vertont von verschiedenen Komponisten; Mitglied im Autorenkreis Celle und der Gruppe TAKT.

BILDAU, JOHANNES; *1931 in Ostpreußen; wandte sich im Ruhestand literarischem Schreiben zu, setzt Alltagserlebnisse und Betrachtungen in skurrile Kurztexte, Drabbles und kurze Gedichten um; Veröffentlichungen in Anthologien, Zeitschriften und Internetforen.

BOEHM-MEIER, GERLIND; *1952 in Freudenstadt; Schwesternhelferin; schreibt Prosa und Lyrik; demnächst eigene Buchveröffentlichung „Sternenstaub"; Mitglied im Autorenkreis Celle.

GRYPHIUS, ANDREAS; *1616, †1664 in Glogau/Niederschlesien (heute Polen); bedeutender Dichter des Barock, 1662 Aufnahme als „Der Unsterbliche" in die 1617 in Köthen (Anhalt) gegründete „Fruchtbringende Gesellschaft" (Sprach- und Literaturzirkel).

KRAHN, ELISABETH; *Mohrungen/Ostpreußen; Kinderpflegerin; schreibt Prosa, Lyrik, Berichte in Hochdeutsch und hochpreußischer Mundart; Veröffentlichungen in Büchern und Zeitungen; Lesungen; Redakteurin der Mohrunger Heimatkreis-Nachrichten und Mitglied im Autorenkreis Celle.

LABISCHINSKI, SYBILLE; *1945 in Berlin; †2005 in Celle; Krankenschwester mosaischen Glaubens, rief im Mai 1989 den Autorenkreis Celle ins Leben und leitete bis zu ihrem Tode die Treffen, Lesungen und Publikationen.

LACH, HELLA; *1945 in Cuxhaven; Steuerfachkraft; schreibt überwiegend Prosa aber auch Lyrik; veröffentlicht in Anthologien, Mitglied im Autorenkreis Celle, der Schreibwerksatt Celle und in der Initiativgruppe Creativo.

LAMPRECHT, GERD; *1937 in Mannheim; Dipl.-Volkswirt, PR- und Marketing-Berater, schrieb 100 Firmenporträts für die Cellesche Zeitung, jetzt Texte und Gedichte für die eigene Familienchronik; Mitglied im Autorenkreis Celle, zuvor in anderen Schreibgruppen.

MIOG, RENATE; *1944 in Marktredwitz; Heilerziehungspflegerin; schreibt Prosa und Lyrik, besondere Vorliebe für Haiku; verschiedene Veröffentlichungen; Mitglied in der Schreibwerkstatt und im Autorenkreis Celle.

MOLCHANOVA, LARISA; *1958 in Kiew; Diplom-Sängerin; Kompositionen zu eigenen Texten (russisch); Lyrik und Prosa (deutsch); Mitglied im Autorenkreis Celle.

MORINA, BEKIM; *1972 in Prizren/Kosovo; Literaturwissenschaftler, seit 1999 als Kriegsflüchtling im Exil; jetzt in Celle; veröffentlichte Gedichtbände in Albanisch und den Band „Etwas Besseres als den Tod ..." zweisprachig albanisch/deutsch. Mitglied der Writers Association of Kosova und seit 2003 Mitglied im Autorenkreis Celle.

PASCHKE, JÜRGEN; *1952 in Bückeburg, seit 1981 in Celle; Theologe, Publizist, Lebensberater; veröffentlicht in Anthologien und Zeitschriften (Lyrik, Meditationen, Aphorismen); leitet seit 2006 den Autorenkreis Celle und moderiert die „Offene Bühne der Literatur"; Texte: www.HimmelsART.de

RICHTZENHAIN, JÜRGEN; *1940 in Dessau, seit 1992 in Hannover/Celle; Bauingenieur; schreibt Kurzgeschichten und Gedichte; Mitglied im Autorenkreis Celle, früher im Kabarett „Die Wespen" (Bauhaus Dessau).

WESTPHAL, DAGMAR; * 1942 in Celle, Schreibkraft im (Un)ruhestand, Prädikantin und Naturschützerin, Veröffentlichung von Lyrik und Märchen in Anthologien; Mitglied der Deutschen Haiku-Gesellschaft, in mehreren Schreibkreisen, seit 20 Jahren im Autorenkreis Celle.

Inhaltsverzeichnis

Jürgen Paschke

Autorenkreise

Autorenkreise laden ein
von Herzen gern ihr Gast zu sein
In Lyrik, Prosa, mit Ideen
lässt mancher Erstlingswerke sehen

Wer länger kreativ dabei
fühlt sich womöglich schon ganz frei
Kritik und Vorbehalt zu hören
selbst Lob wird nicht besonders stören

Denn wer sich etwas näher kennt
und nicht vor Selbstverliebtheit brennt
wird gerne lauschen, staunen, lernen
und nicht beleidigt sich entfernen

So wird aus manchem kleinen Stück
mit Sprachgeschick und etwas Glück
durch aufmerksame Mitautoren
ein imposantes Werk geboren

Die Erstfassung wurde unter dem Titel „Geburtsfreuden" anlässlich der
Leipziger Buchmesse 2005 vom Literatur-Café Berlin veröffentlicht..

Im **Autorenkreis Celle** treffen sich Autoren, die Freude am
Schreiben und Dichten haben. Die monatlichen Abende
finden in „Kunst & Bühne" statt, dem Kulturbistro der Stadt
Celle, Nordwall 46. Zu den Sonderveranstaltungen gehört die
„Offene Bühne der Literatur". Der Autorenkreis wurde 1989
von Sibylle Labischinski (✝2005) gegründet und wird seit 2006
von Jürgen Paschke geleitet.

E-Mail: kultourinfo@aol.com